Angie Pfeiffer & Dilettant & Robin Royhs
Heiter bis lustig

AF219419

Angie Pfeiffer

Dilettant

Robin Royhs

Heiter bis lustig

Geschichten von der Literaturtheke
zum Lachen, Schmunzeln, Grinsen

Herstellung und Verlag:
BoD – Books on Demand,
Norderstedt.
ISBN: 9783752859218

Angie Pfeiffer

Alles easy, Dad?

Die beste aller Ehefrauen hatte sich mit ihrer Freundin zum Kaffee verabredet. Sven wusste nichts mit sich anzufangen und beschloss, den Nachmittag damit zu verbringen, sich ungestört durch alle Sportkanäle zu zappen. Hoffnungsfroh betrat er das Wohnzimmer. Auf dem Sofa entdeckte er Lia, die Stöpsel im Ohr, das Smartphone vor den Augen. Einen Augenblick betrachtete er sein Töchterchen wohlgefällig. Lia, sechzehn Jahre jung, fast eine Frau. Gestern noch saß sie mit einem vollgesabberten Lätzchen vor der Brust auf dem Wohnzimmerteppich und verschönte ihn mithilfe diverser Filzstifte. Heute trug sie all zu kurze Shorts und Tops, die gnadenlos eingelaufen zu sein schienen. Darunter Pushup und String, aber das wollte er sich nicht vorstellen. Sven seufzte. Einen Moment hatte er nicht hingeschaut und schon schien das Leben halb vorüber, das Kind halb erwachsen zu sein.
Er setzte sich neben seine Prinzessin. Wie lange war es her, dass er ganz entspannt mit ihr gesprochen hatte? So von Papi zu Lialein. Er dachte nach. Das musste wohl gewesen sein, als sie in der Schulaufführung von unse-

rer kleinen Farm die Erbsenschote gespielt hatte. Sven beschloss, dass dies eine gute Gelegenheit war, um die Vertrautheit wieder herzustellen.

„Hi, Prinzessin, alles easy?", begann er mutig. Lia schaute ihn verständnislos an, schüttelte den Kopf und verdrehte die Augen. Sven ließ sich nicht irritieren. Kurzentschlossen zog er einen Stöpsel aus ihrem Gehörgang.

„Alles easy?", versuchte er noch einmal den artgerechten Einstieg in ein Gespräch.

Lia maß ihn mit einem forschend irritierten Blick, der einem Drogenscreening gleichkam. „Alles ... easy? Dad?"

Sven lächelte sie wohlwollen an. „Was machst du so?"

„Was ich mache? Ich liege auf dem Sofa."

Schweigen machte sich breit, doch Sven gelang es, die Kurve zu kriegen. „Und dein Freund? Was macht der?" Fieberhaft überlegte er, wie der junge Mann hieß.

‚Wie der amerikanische Schriftsteller, 1916 gestorben', ging es ihm durch den Sinn. „Henry", strahlte er. „Wie geht es Henry?"

Lia runzelte die Augenbrauen. „James! Er heißt James."

„Weiß ich doch, James!"

„Na ja, der kommt heute Abend hier her. Aber wir gehen gleich in mein Zimmer", fügte Lia sicherheitshalber hinzu.

6

Sven schluckte. „Sag doch mal - wie lange kennt ihr euch eigentlich schon? Ein halbes Jahr?"

„Länger. Ganz genau 10 Monate, 320 Tage und", ein Blick auf die Uhr, „8 Stunden."

„Das ist verdammt lange. Was macht ihr denn so, wenn ihr in deinem Zimmer seid?", Sven bemerkte, dass sich ein leichter Schweißfilm auf seiner Stirn bildete. „Seht ihr fern?"

Lia zuckte die Schultern. „Manchmal."

„Oder macht ihr Playstation?"

„Eher nicht."

„Chillt ihr, so wie du jetzt?"

„DAD!"

Sven fühlte sich ertappt. Er straffte sich. „Sag mal, Lialein, hat Mama schon mal mit dir ... gesprochen?", hier räusperte er sich, denn sie sah ihm mit einem mehr als skeptischen Blick an. Diesen Blick kannte er, seit er seiner Tochter im Sandkasten ausführlich die Handhabung von Förmchen und Schaufel gezeigt hatte.

„Hm", machte sie.

„Na, ja. Ich bin ja auch mal ein Mann gewesen ... ein junger Mann ... meine ich ... ein sehr junger Mann ... jedenfalls jünger als heute ..."

„Echt?"

Einen Augenblick fragte er sich, ob sie sich über ihn lustig machte, trotzdem konnte ihn das nicht stoppen. „Also sehr junge Männer haben Bedürfnisse, die sehr junge Mädchen manchmal nicht so ... unbedingt ...“

„Willst du wissen, ob wir Sex haben?“, unterbrach ihn Lia gnadenlos.

„Ja ... nein ... natürlich nicht ... würde deine Intimsphäre nie verletzen ...“, stammelte Sven und merkte, dass er rot anlief.

„Danke, Papi.“

Sven registrierte erfreut und erleichtert, dass sie wieder Papi sagte, so wie früher.

„Wenn es dich beruhigt, Gangbang kommt für uns nicht in Frage. Früher habt ihr das doch Rudelpoppen genannt, oder.“

„Was?“ Plötzlich schmerzte seine linke Brustseite. Schmerzen, die bis in den linken Arm zogen. ‚Die Herzkranzgefäße, wo sind meine Tabletten‘, fuhr es ihm durch den Kopf. Rechtzeitig fiel ihm ein, dass er gar keine Herztabletten nahm.

Derweilen strahlte Lia ihn an. „Scherz, nur ein Scherz, Papi. Ist alles nicht mehr so, wie bei euch früher.“

„Du hast keine Ahnung, wie das bei Mama und mir abgegangen ist, aufm Festival“, entfuhr es Sven. „Wir haben eine Menge erlebt. Die 90iger waren ganz schön wild.“

„Klar“, murmelte Lia uninteressiert und checkte ihr Smartphone. „Damals war das sicher cool.“ Es klang, als würde sie von der

Zeit vor den Kreuzzügen sprechen.

„Übrigens, Dad, kannst du mir was leihen?"

„An wie viel dachtest du denn?" Aha, die Papi Time war also vorbei.

„Na ja, vielleicht so 50 Euro? Ich habe nämlich eine Eins in Literatur bekommen, für den Aufsatz über Henry James. Ist das nicht ne kleine Belohnung wert?"

„Du bist lustig, ich war der Ghostwriter!"

„Ja, gut, aber ich musste das alles nochmal abschreiben, wegen der Handschrift. Was das für eine Arbeit war."

„Echt?"

„Echt!"

Das Handy klingelte. Lia guckte aufs Display. Die Sonne ging in ihrem Gesicht auf. So, wie damals, als sie klein war und Sven am Abend nach Hause kam. Nun stand sie auf und ging an ihm vorüber, ohne ihn weiter zu beachten.

Sven seufzte schwer und stellte den Fernseher an.

Sixpack Plus

Für das Wochenende hatte sich Besuch angekündigt. Ein kurzer Blick in die Bierkiste ließ mich erkennen, dass es nötig war, für Nachschub zu sorgen.

„Fahr doch zum Supermarkt um die Ecke", riet die holde Weiblichkeit. „Dort gibt es immer einen Umsonster, wenn man eine Kiste Bier kauft."

Da Mann seiner besseren Hälfte nur im Notfall widerspricht, kaufte ich also in besagtem Supermarkt und bekam ein Paket Küchenrolle der Marke „Dick und Durstig" dazu.

Wieder daheim brachte ich zuerst die Kiste Bier in den Keller, um dann mit den Papierhandtüchern unter dem Arm in die Küche zu gehen: „Schau mal, Darling, Dick und Durstig!"

Sie sah kurz hoch und musterte mich: „Ja, das sehe ich – und Küchenrolle hast du auch mitgebracht!"

Angie Pfeiffer

und jetzt gehe ich eine rauchen

Mit Mühe unterdrücke ich ein Gähnen, was mir einen missbilligenden Blick der dicklichen Lehrerin einbringt.

Diese Frau sieht alles. Ich bin froh, dass mein Sohn in ihre Klasse geht und nicht ich. Vier Kinder, das macht eine Menge Elternsprechtage, denke ich und seufze.

Schon wieder trifft mich der strenge Blick. Was würde ich jetzt für eine Zigarettenpause geben ...

Ich hole tief Luft, was ein Fehler ist, denn die unterschiedlichsten Parfümwolken haben sich zu einem Geruchsgemisch vereinigt, das mich in eine Art Trance versetzt. Die Muttis der ersten Klasse haben sich eben chic gemacht.

Ganz anders als ich. Als Mutter von vier Söhnen bin ich kampferprobt und abgehärtet. Elternsprechtage sind nicht der Grund für mich, um mich ins kleine Schwarze zu schießen, in Parfüm zu baden und anschließend bei der zuständigen Lehrkraft herumzuschleimen.

Das ist gleich aufgefallen. Während die meisten Mütter die Lehrerin umringten, sie mit Fragen bombardierten und sich Notizen

11

machten, hatte ich mich auf einen der Tische gesetzt, mich aber nach einem bösen Blick der Lehrerin lieber auf einen der kleinen Stühle gequetscht, so ganz ohne Aufforderung. Die anderen Mütter sind nach und nach meinem Beispiel gefolgt.

Jetzt sitze ich immer noch auf dem Stuhl, mit eingeschlafenem Hinterteil. Ich beobachte fasziniert, wie sich ein Speichelfaden zwischen den Lippen der Lehrerin in die Länge zieht, wenn sie spricht. Und sie spricht andauernd! Ich kann den Blick nicht abwenden. Der Faden ist super elastisch, reißt nie ab.

Inzwischen wird eifrig diskutiert. Einige der Mamas möchten Sitzbälle anschaffen, für eine gesunde Sitzhaltung.

Eine andere Gruppe widerspricht und will lieber mal mit den Kindern in den Zoo.

Ein Vater, der sich zum Elternsprechtag verirrt hat, will den Klassenraum in lustig bunten Farben anstreichen, damit er freundlicher aussieht.

Die Lehrerin ist der Meinung, dass die Kinder zu viel fernsehen. Schon ist ein neues Diskussionsthema gefunden, Gewalt im Fernsehprogramm.

Die Augen fallen mir fast zu. Außerdem muss ich unbedingt eine rauchen. Ich beschließe raus zu gehen, wenn der Speichelfaden im Mund der Lehrerin innerhalb der nächsten zehn Minuten reißt. Falls er hält, werde ich mich an der Diskussion beteiligen.

Tom und Jerry sind jetzt im Kreuzfeuer der Kritik. Ich lerne, dass sie gewaltbereite, mordlüsterne Biester sind, welche die Jugend verderben.

Die Lehrerin lächelt, doch das Speichelding zieht sich noch mehr in die Länge, reißt nicht. Ein zähes Teil ist das.

Die mollige Pädagogin stellt die Frage, ob die Kinder nicht lieber stilles Wasser trinken sollten. Saft hat zu viele Kalorien, sagt sie. Mitten im Satz wird sie unterbrochen, denn eine Helikoptermama beklagt sich, dass die Pausen nicht aktiv gestaltet werden.

Ich linse auf meine Uhr. Die zehn Minuten sind um, ich habe verloren, muss diskutieren. So stehe ich auf:

„Mein Sohn verabscheut stilles Wasser und ich auch", sage ich mit fester Stimme. „Und ich bin der Meinung, dass die Kinder Bilder malen sollen um den Klassenraum zu ver-schönern. Ach ja, Sitzbälle in einer Klasse, das ist bescheuert."

Die dicke Lehrerin starrt mich mit offenem Mund an.

Da - der Speichelfaden ist weg, vermutlich endlich gerissen.

Ich grinse sie an. „Tom und Jerry finde ich übrigens cool. Die habe ich mir schon angeschaut, als ich ein Kind war und es hat mir nicht geschadet. Jedenfalls nicht sehr. So, und jetzt gehe ich eine rauchen."

Mit diesen Worten steuere ich die Tür an. Selten habe ich mich so klasse gefühlt, wie nach dem Abgang.

Allerdings muss ich, nachdem ich geraucht habe wieder zurück in die Klasse.

Sie haben mir in meiner Abwesenheit eine Strafe aufgebrummt.

Sie haben mich zur Elternsprecherin gewählt ...

Robin Royhs

Disco, Disco

Bum, bum, bum.
Die Bässe dröhnen, der Fußboden bebt, mein Magen vibriert mit. Ich hasse es, schmeiße eine Omneprazol ein. Sicher ist sicher.
Ich versuche im Schatten zu bleiben. Obwohl die Fläche, auf der ich stehe etwas erhöht ist, will ich nicht auffallen.
Um mich herum ist Gezappel, alles tanzt.
Eine tief dekolletierte Blondine im kurzen Röckchen bewegt sich auf mich zu. Sie lächelt lasziv.
Ich schüttele energisch den Kopf. Die Antanznummer zieht nicht bei mir.
Ich gehöre zu den Typen, die am Tresen ihrer Stammkneipe über Fußball oder PS diskutieren. Die zu Hause auf dem Sofa die Sportschau gucken. Die Füße auf dem Tisch, Bier aus der Flasche trinkend, Pizza kauend.
Mist, die Sportschau kann ich heute auch wieder nicht sehen!
Obwohl, ich kann auch ganz gut Konversation machen. Ehrlich. Nur die intellektuellen Höhepunkte in der Disco stemme ich nicht.
Geile Mukke, das geht ab ...
... oder: was läuft ...
 darauf weiß ich keine Antwort.

Na gut, reden ist nicht mehr angesagt, dafür gibt es das Social Network. Es reicht ein like. Orwell hätte den Big Brother völlig überarbeiten müssen oder er hätte sich erschossen, je nachdem.

Ein Typ unterbricht meinen Gedankenfluss, brüllt irgendetwas. Ich verstehe ihn nicht, die Bässe halt. Liegt auch daran, dass die Anlage nicht besonders ist. So zucke ich die Schultern und beschließe früher nach Hause zu gehen.

Sofort verschwinden geht nicht, meine Schicht als DJ dauert noch ne Weile.

Angie Pfeiffer
Denken Sie an das Göttlich - Weibliche

Endlich hatte ich sie!

Die ultimativen Highheels von Jimmy Choo. Lange genug hatte es gedauert, mir das Geld dafür zusammenzusparen.

Doch nun war es so weit. Rot und mit einem schwindelerregend hohen, durchsichtigen Absatz schmückten sie meine Füße. Ich ging wie auf Wolken.

Doch leider sollte dieses Glück nicht lange anhalten. Schon beim ersten Tragen klemmte plötzlich der Absatz des linken Schuhs zwischen zwei Pflastersteinen fest.

Verdammt!

Wer pflastert den Bürgersteig denn so dämlich! Auf jeden Fall brach der Absatz ab. Als wenn das nicht genug des Elends gewesen wäre, rollte er auf die Straße und versank mit einem satten ,Plopp' im nächstgelegenen Gully.

Da stand ich nun. Erstens total wackelig, zweitens völlig fertig mit den Nerven. Was sollte ich nur machen?

In Gedanken ging ich alle Optionen durch.

Ich könnte ein paar Tranquilizer nehmen. Die hatte ich immer in der Handtasche. Aber bis die Pillen wirkten, würde ich schon einen

Heulkrampf bekommen haben und mich verzweifelt auf dem Bürgersteig herumwälzen. Vielleicht die Telefonseelsorge? Schließlich hieß es, dass man dort all seinen Kummer loswerden könnte. Ich zückte das Telefon, fing an zu tippen. Doch dann fiel mir ein, dass ich die Nummer der Telefonseelsorge gar nicht kannte.

Verzweifelt starrte ich auf das Display und hatte plötzlich die rettende Eingebung. Mein Psychiater würde mir bestimmt helfen können!

Weil ich seine Telefonnummer auswendig kannte, rief ich ihn stehenden Fußes an und bekam tatsächlich sofort einen Termin. Schließlich hatte ich ein existentielles Problem! Welcher Art es war, wollte ich ihm bei der Sitzung ausführlich schildern.

Er erwartete mich bereits in seinem Sprechzimmer.

„Nehmen Sie Platz", sagte er mit ruhiger Stimme. „Sie sagten, sie hätten ein traumatisches Erlebnis gehabt? Wie fühlen Sie sich jetzt."

Was für eine Frage! „Wie soll ich mich fühlen. Leer und hoffnungslos. Dieser Verlust ..."

„Ich möchte das Erlebte mit Ihnen aufarbeiten. Können Sie darüber reden?", fragte er sanft.

Und ob. Wofür bezahlte ich den Mann denn schließlich! „Die Jimmy Choos fehlen mir so sehr, jetzt wo sie zerstört sind. Es ist unbeschreiblich. Auf diesen Teilen kam ich mir vor wie eine ganz andere Person. Einfach göttlich."

„Das ist interessant. Alles spricht dafür, dass Ihre Eltern Ihnen nicht die Liebe geben konnten, die Sie brauchen. Sie mussten sich vor ihnen immer kleiner machen, als Sie waren", erklärte er mit blitzenden Augen. „Aber Sie sind im Laufe der Jahre zu großem Selbstbewusstsein gelangt. Jetzt fühlen Sie sich also wie eine Göttin."

Na ja, aber ohne die Schuhe? „Sie verstehen das Problem nicht. Sie waren rot. Rot wie die Liebe und so unglaublich sexy."

„Das nenne ich einen Fortschritt", strahlte er. „Sie fühlen das göttlich Weibliche in sich. Wie leben Sie das aus?"

Der gute Doktor kam mir heute etwas seltsam vor. „Wie ich das auslebe?"

„Ja, genau. Wie Sie damit umgehen, es ausleben", fragte er neugierig.

Wenn er es genau wissen wollte … „Also, wenn ich meine roten Dessous anhabe und rote Highheels, dann macht es meinen Typen ziemlich an. Wäre auch komisch, wenn das nicht so wäre. Dann leben wir es zusammen aus."

„Oh, Sie handeln also zielorientiert", jubelte er. Das ist so gut. Ein gewaltiger Fortschritt." Er senkte die Stimme, wurde ernst. „Aber kommen wir zu ihrem existentiellen Problem zurück. Sie vermissen die ... ähm ... Dings ... Was gibt es für Strategien, um damit fertig zu werden?"

Jetzt wurde er endlich konkret. „Ich denke, dass ich nachher meine roten Dessous anziehen werde. Wenn ich mit meinem Typ fertig bin, dann kauft er mir was ich will."

Er zog scharf die Luft ein. „Auf keinen Fall. Wir haben doch herausgearbeitet, dass Sie eine selbstbewusste Frau sind. Dass Sie Ihre Weiblichkeit wunderbar reflektieren. Wenn Sie das Begehrte von Ihrem Partner kaufen lassen, dann begeben Sie sich in eine wahnsinnige Abhängigkeit von ihm! Denke Sie an Ihre Eltern. Wollen Sie sich wieder klein und abhängig fühlen?"

Der hatte gut reden. „Was soll ich denn stattdessen machen?"

Er hob den Zeigefinger. „Das kann ich Ihnen sagen. Denken Sie an das göttlich Weibliche. Schreiten Sie in das entsprechende Geschäft und kaufen dort voller Selbstbewusstsein einen Ersatz. Damit wäre das existentielle Problem überwunden." Er schaute auf seine Apple Watch. „Sorry, aber der nächste Termin wartet schon. Wenn Sie also ..."

Damit komplimentierte er mich zur Tür.

Was soll ich sagen. Ein paar Tage später bekam ich die gepfefferte Rechnung für diese Notfallsitzung.
Die Krankenkasse weigerte sich, die Kosten zu übernehmen. Irgendwie erkannte man dort nicht, dass der Schuhverlust ein existentielles Problem darstellte. Also beglich ich die Rechnung und hatte als Folge noch 31,50 Euro auf dem Konto.
Also entdeckte ich das göttlich Weibliche (oder war es das weiblich Göttliche?) in mir, erfand mich neu und ließ mir die neuen Schuhe von meinem Partner kaufen. Das stärkte mein Selbstbewusstsein ungeheuer.

Übrigens: Falls mir wieder mal ein Absatz abbricht und mich in die Krise stürzt, dann rufe ich doch lieber die Telefonseelsorge an. Oder ich nehme ne Valium ....

Citybummel

er wollte doch zum Harley Händler

„Moin, na – wie war das Wochenende?"
Thomas stand mit dem Rücken zu mir an der Kaffeemaschine. Mit der Tasse in der Hand drehte er sich um, und ich sah in etwas betrübte Dackelaugen: „Ging so .."

Denn ....
.... am Samstagmorgen saß Thomas gemütlich am Frühstückstisch, als Ulrike von der Zeitung aufblickte und fragte: „Sag' mal, wolltest du nicht das ‚Dings' für dein Motorrad abholen?"
Thomas schaute seine Frau mit leicht zur Seite geneigten Kopf an: „Ja, aber ..." Er hatte sich vor ein paar Monaten eine Harley geleistet und wollte seine Maschine mit einem ‚Screaming Eagle'-Luftfilter aufpeppen. „Na, ja", sagte Ulrike, „du könntest mich gleich zum Mittag zu dem netten Portugiesen in der Innenstadt einladen. Der Mopedhändler hat doch sicher bis 16:00 Uhr auf!?"
„Oh, guter Vorschlag. Jetzt ist es 8:30 Uhr, dann haben wir ja noch etwas Zeit."

„Ähh – können wir vorher nicht noch ganz kurz in die Fußgängerzone?", Ulrike blickte ganz unschuldig.

„Ja, ok, dann aber los – die Parkhäuser sind um 10 Uhr meistens schon voll!"

Ulrike sprang auf und spurtete ins Obergeschoss: „Zieh' mich nur kurz für die Stadt um."

Thomas räumte den Tisch ab, spülte das Geschirr, brachte den Müll raus ...

Kurz nach 9:00 kam Ulrike im stylischen Outfit die Treppe herunter. Sie musterte Thomas streng: „Hey, willst du dich nicht umziehen???"

„Wie jetzt, wir holen den Luftfilter für die Harley. Ich behalt auf jeden Fall meine Destroyed Jeans an und nehm' die Lederweste!", darüber war mit Thomas nicht zu diskutieren.

Ulrike seufzte: „Mensch, Thomas!!! Ich kann doch nicht mit meinem Outfit neben dir ..."

Thomas zuckte die Schulter und drehte sich zur Tür.

„Okay, okay, okay – gib' mir nur eine Minute, dann zieh ich mir auch schnell was Sportliches an!" Ulrike hastete schon die Treppe hinauf und konnte somit nicht sehen, wie sich bei Thomas die Mundwinkel etwas nach oben bewegten.

Etwa eine viertel Stunde später sauste Ulrike, nur mit einem Slip bekleidet, an Thomas vorbei in den Keller und kam kurze Zeit später mit einem hellblauen Push-Up-BH in der Hand wieder an ihm vorbei.

„Was????", staunte Thomas mit offenem Mund.

„Ja, ich kann doch nicht mit weißem Spitzen-BH unter einem Jeans-Hemd rumlaufen", drehte sich Ulrike empört auf der Treppe um.

Zwanzig Minuten und gefühlten 5 Zigaretten später kam Ulrike die Treppe herunter, trug eine sportliche Hose, ein Jeanshemd und ein Lederblouson: „So, jetzt bloß noch die Schuhe."

„OK, ich hol' schnell das Auto, fahr' tanken und wasch ..."

„THOMAS !!!"

Als sie in der Stadt ankamen, war es kurz vor 11 – alle Parkhäuser waren voll. So reihte sich Thomas in eine lange Schlange vor dem Parkplatz in der Innenstadt. Ulrike sprang aus dem Auto: „Hey, wir treffen uns bei Lizzy's, du weißt, direkt am Dom!"

Thomas seufzte: „Gut, bis nachher", konnte aber eine gewisse Freude nicht verbergen, da er so den Boutiquen wohl zum Großteil entgehen würde.

Gegen 11:30 hatte der den Wagen geparkt und schlenderte Richtung Innenstadt, um direkt auf Ulrike zu treffen.

„Boh, gut das du da bist, dann kann ich dir ein totschickes Kleid hier bei S&Z zeigen. Bis Lizzy's bin ich gar nicht gekommen."

.... nach etwa einer dreiviertel Stunde und etlichen Anproben mit den Kommentaren: „Na, ja", „Geht so" oder „Ooch, ich weiß nicht" von Thomas, schien Ulrike etwas genervt zu sein. Sie schmiss das zuletzt probierte Kleid über die Stange und zog Thomas aus der dritten Boutique: „Komm, wir gehen erst was essen!"

Thomas grinste in sich hinein.

Sie machten sich auf den Weg zum Portugiesen und kamen am Schaufenster von Lizzy's vorbei.

„Mensch, Thomas! Ist das nicht ein geiler Hosenanzug im Fenster???"

Unwillig schaute er in die Auslage und war sichtlich beeindruckt: „Ja, tatsächlich! Der gefällt mir auch auf Anhieb! Nach dem Essen kannst du ja ...." Weiter kam er nicht, denn Ulrike hatte schon Lizzy's geentert. Seufzend schlurfte er hinter ihr her. Das konnte dauern! Ulrike probierte den Hosenanzug und stand nach 3 Minuten vor Thomas: „Na???"

Wie hatte sie das in 3 Minuten geschafft? Zu Hause - man denke nur an den Morgen – ach egal! „Sieht wirklich Spitze aus – ist nur etwas zu groß? Oder?" Thomas war doch etwas skeptisch.

„Ja", erwiderte Ulrike, „sonst passt 38 eigentlich – fällt wohl etwas groß aus. Kannst du mal nach 36 schauen?"

Inzwischen war auch eine Verkäuferin gekommen: „Es tut mir leid, aber in der Größe 36 ist der Anzug nicht mehr da. Nur noch im Fenster und der ist leider hinten an der Jacke eingerissen."

„Ok, verstehe, aber kann ich den Anzug nicht probieren? Wenn er passt, bestellen sie mir einen Neuen?"

„Nein – das geht nicht! Samstags holen wir nichts aus dem Fenster!"

Thomas konnte sehen, wie Ulrikes Unterlippe etwas anfing zu flattern. Er trat einen kleinen Schritt zurück und betrachtete mit großem Interesse die ausgelegten Damenhandschuhe.

„WIE?? AN EINEM SAMSTAG ----- KANN ICH BITTE DEN GESCHÄFTSFÜHRER ...", Ulrike wurde ein klein wenig lauter. Die Verkäuferin drehte sich auf dem Absatz um und verschwand in Richtung Büro. Thomas trat wieder nah zu Ulrike, nahm sie in den Arm und sagte: „Reg' dich nicht auf, kommen wir halt Montag noch mal her ..."

„Das werden wir ja seh'n!", Ulrike war jetzt im Kampfmodus.

Einige Minuten später kam die Verkäuferin mit einer Gouvernante zurück, die – wie sich herausstellte – Lizzy, die Inhaberin war.

„Wie kann ich helfen??", mit einem Lächeln, das einem das Blut gefrieren ließ, sprach sie Ulrike an, stutzte kurz und musterte dann Thomas. „Zerriss'ne Jeans – Lederweste – unrasiert – was macht das Wesen in meinem Geschäft?!", schien sie zu denken.

„Äah", Ulrike schien jetzt etwas verunsichert zu sein. „Ich würde gern den Hosenanzug aus d.."

„Ich weiß. Das hat mir meine Angestellte bereits mitgeteilt und ihnen auch gesagt, dass wir samstags die Dekoration nicht ausräumen! Außerdem ist diese Herbstkollektion limitiert. Eine Nachbestellung ist nicht möglich. Sie können aber sicher das etwas zu große Model ändern lassen!"

Damit schaute sie Ulrike noch einmal streng an, drehte den Kopf, scannte Thomas mit Verachtung und drehte sich um. „Guten Tag!" Danach verschwand sie steif (und Thomas ist sich immer noch nicht sicher, ob sie die Füße wirklich bewegte oder über den Boden surfte).

Ulrike drehte sich ebenfalls um und verschwand mit mehreren nicht druckreifen Schimpfworten auf den Lippen in der Umkleide.

Ach, ich sollte noch erwähnen, dass es nichts mehr wurde mit dem netten Mittagessen beim Portugiesen – und zum Harley Händler bin ich auch nicht mehr gekommen.

(Ääh, ich meine Thomas ist nicht mehr zum Harley Händler - - - ach, ihr wisst schon ☺)

Angie Pfeiffer

Alles Bio oder was?

„Angie, warte doch mal!"
Dieser Ausruf ließ mich abrupt stehen bleiben, obwohl ich wirklich keine Zeit hatte. Langsam und ungläubig drehte ich mich um. Tatsächlich, Karin Müller rannte im Top Speed hinter mir her. „Hach, dich hier zu treffen", japste sie. „Geht deine Tochter auch hier in die Kita?"
„Ja, seit kurzem", antwortete ich und musterte Karin unauffällig. Sie hatte sich kaum verändert, trug einen sackartigen, offensichtlich selbstgestrickten Pullover, Baumwollhosen mit Gummizug in der Taille und die obligatorischen Birkenstocksandalen. Ihr Motto war seit jeher: ‚Ich bin ökologisch einwandfrei aufgestellt und man sieht es mir an'.
Auch Karin taxierte mich von oben bis unten. „Gut siehst du aus in dem Business-Kostüm und mit den hochhackigen Schuhen. Du bist wohl berufstätig? Geht das nicht auf Kosten der Familie? Aber du warst ja schon früher so ehrgeizig."
Ich lächelte Karin mild an. „Wie die Zeit vergeht, was. Ja, ich bin voll berufstätig. Meine Tochter wird von einer Tagesmutter betreut. Sie hat mein ganzes Vertrauen, wirklich."

Karin zog die Augenbrauen hoch und zupfte Wollflusen von ihrem Pullover. „So, so, eine Tagesmutter. Bist du überhaupt verheiratet? Also mein Ernst-Uwe ist ein toller Vater, aber das weißt du ja. Er geht sehr verantwortungsvoll mit den Kindern um. Er kocht natürlich vegetarisch und backt noch immer seine wunderbaren Dinkelkekse. Wir zeigen unserem Nachwuchs den richtigen Weg in ein natürliches Leben. Da ziehen wir an einem Strang."

Natürlich erzählte ich Karin nicht, dass meine Tochter bei einem One-Night-Stand entstanden war. Ein verheirateter Kollege war der Vater. Er sah gut aus, war intelligent, hatte zwei gesunde Kinder und demzufolge gutes Erbmaterial. „Ich bin mit meinem Beruf verheiratet und sehr erfolgreich", sagte ich stattdessen. „In meiner Position wäre ein Mann eher hinderlich. Wir sind eine glückliche Minifamilie. Wir ernähren uns gesund, nur kocht die Tagesmutter und nicht ich. Wir sind überhaupt sehr umweltbewusst mit allem was dazugehört: Mülltrennung, keine Einwegflaschen, Ökostrom, Biolebensmittel, was man eben so macht. Das sollten wir unseren Kindern wirklich vorleben!" Ich schaute demonstrativ auf meine Rolex. „Du, es tut mir echt leid, aber jetzt muss ich los. Die Chefin sollte möglichst pünktlich sein."

Auf dem Weg zur Firma ließ ich die früheren Begegnungen mit Karin revuepassieren. Sie und ich waren alte Schulkolleginnen, wenn auch keine Freundinnen. Irgendwann waren wir uns in einem Schwangerschaftsvorbereitungskurs über den Weg gelaufen und hatten gewettet, welches Kind zuerst auf die Welt kommen würde - mein erstes oder ihr viertes. Natürlich war ihr Kind schneller. Ich nahm an dem Geburtsevent teil, um hautnah zu erleben, was auf mich zukommen würde.

Ich erinnerte mich gut:
Karins Familie war vollständig versammelt, denn schließlich war es eine Hausgeburt. Ihr Ernst-Uwe schenkte Kaffee an die Erwachsenen und Kakao an die Kinder aus. „Natürlich aus ökologisch fairem Anbau, das versteht sich", betonte er. Seine Mutter saß am Fenster uns strickte. „Ein Strampler, ich verwende naturreine Baumwolle."
Die werdende Mutter beschwerte sich, weil die Wehen nicht oft genug kamen. Sie hatte eigentlich noch Brot backen wollen. Sie lächelte mich tapfer an. „Lass dir bloß nichts gegen die Schmerzen geben. Das Zeug taugt nichts und bringt dich um das Geburtserlebnis. Du kannst lieber Kamille nehmen."
„Die Blüten sind aus unserem Garten, natürlich ungespritzt", mischte sich Ernst-Uwe ein,

während er sich einen merkwürdig aussehenden Keks in den Mund stopfte. Er hielt mir den Keksteller unter die Nase. „Aus Dinkelmehl, habe ich heute früh gebacken."

Ich winkte ab, mir war urplötzlich schlecht geworden, und verabschiedete mich hastig. Im Hinausgehen hörte ich Karin: „Leute, Kinder! Gleich kommt das Köpfchen, schaut mal genau hin. Nicht erschrecken wegen des Blutes, es tut überhaupt nicht weh!"

In der Folgezeit traf ich Karin öfter, wenn ich meine Tochter zur Kita brachte. Sie musterte mich meist missbilligend, wenn ich aus dem Auto stieg. „Tja, nicht jeder kann es sich leisten die Ressourcen unseres Planeten zu verschwenden", bemerkte sie spitz. „Nicht jeder kann es sich leisten, seine Zeit auf dem Fahrrad zu verplempern, wenn er Termine hat", antwortete ich nicht weniger sarkastisch.

An diesem Morgen passte Karin mich offensichtlich vor der Kita ab. „Also", begann sie genüsslich. „Wie du vielleicht weißt, bin ich im Festkomitee für unser anstehendes Sommerfest. Wir haben beschlossen, dass wirklich jeder seinen Beitrag für das Fest leisten muss. Du bist hiermit beauftragt einen großen Kuchen zu backen! Aber selbstverständlich aus natürlichen Zutaten. Backmischungen oder sonstiges Schummeln kommen nicht in Frage!"

„Einen Kuchen?", nuschelte ich erstaunt. „Das ist zwar zeitlich schwierig, aber ich werde es hin bekommen." Niemals hätte ich zugegeben, dass ich noch nie gebacken hatte und nicht vorhatte, diese Tätigkeit zu erlernen.

„Das wäre ja dann geklärt." Karin streckte mir ihren Bauch entgegen. „Hast du's bemerkt? Sechster Monat." Sie strahlte mich an. „Mein Mann muss nur seine Unterhose an den Bettpfosten hängen, schon schnackelt's. Manchmal glaube ich, dass mein Körper immer empfängnisbereit ist."

„Ja, wenn man selbstgehäkelte Verhüterlies benutzt", grinste ich sarkastisch. „Dann kommt's halt so."

Karin riss die Augen auf. „Woher weißt du das jetzt. Aber daran liegt's nicht. Sie sind aus fairer Baumwollen, sehr passgenau und reißfest, waschbar, deshalb wiederverwendbar und umweltfreundlich! Und schau mal mein Pulli! Den hat mein Mann mir zum Geburtstag gestrickt. Ist er nicht toll!" Sie wies auf ihren schlabberig - unförmigen Norwegerpullover. „Und er backt die besten Kekse der Welt!!"

So viel Umweltbewusstsein ließ mich einknicken. Ich drehte mich auf dem Absatz um.

„Ich muss dann mal. Und ich denke an den großen Kuchen!"

In der Bäckerei meines Vertrauens angekommen gab ich genaue Anweisungen. „Sie könnten vielleicht einige Stückchen Eierschale in den Teig geben. Der Kuchen kann auch ruhig etwas klitschig sein. Hauptsache er sieht aus wie handgeknetet."

Die Fachverkäuferin musterte mich einen Augenblick und grinste. "Ah-ha, ist wohl für das Sommerfest, was. Ja, da haben wir schon eine Großbestellung." Ich stutzte und deutete stumm auf die drögen Kekse, welche hinter ihr auf einer Ablage vor sich hin bröselten.

"Genau die, aber empfehlen tu ich Ihnen die nicht so gern! Dinkelmehlkekse, staubtrocken. Wir backen sie extra für einen Kunden, der sie in großen Mengen kauft. In diesem Fall eben für das Sommerfest."

Ich verließ die Bäckerei um einige Illusionen ärmer, doch rückte dieses Erlebnis mein Weltbild wieder zurecht, rettete meine ganz persönliche Weltordnung. Beim Abholen des Kuchens würde ich mich unauffällig nach Häkelkondomen umsehen und vielleicht gab es hier sogar merkwürdige Schlabberpullover aus fairer Baumwolle.

Dilettant

Eine krasse Fehleinschätzung

Montagmorgen, die Kaffeeküche. Thomas scheint lange vor mir mit der Arbeit begonnen zu haben. Er sieht gestresst und kaputt aus! „Hi, Thomas, alles gut? Warst wohl schon früh hier. Ein dringendes Projekt? Kann ich dir helfen?" Ein düsterer Blick trifft mich. „Danke. Kein Projekt. Hab' nicht gut geschlafen." „Tatsache? Stress gehabt?" „Ähm ... also."

Das Wochenende hatte super angefangen. Thomas und Ulrike waren am Samstag nach langer Zeit wieder einmal shoppen gegangen. Dabei hatte Thomas es tatsächlich noch geschafft, beim Harley Händler vorbeizufahren und seinen vor längerer Zeit bestellten Screaming Eagle Luftfilter abzuholen. Alles easy ...
Zu seinem Leidwesen kam Thomas am Samstag nicht dazu, den Luftfilter einzubauen. Aber am Sonntag war er nicht mehr auszubremsen. Ohne auf Ulrikes Murren zu achten, ging er gleich nach dem Frühstück in die Garage. Er vergaß die Zeit ---

Schraubte, schliff, montierte ab und an und betrachtete schließlich mit Stolz das Ergebnis seiner Bemühungen.

Weil er gerade dabei war, polierte er die Maschine gleich noch auf Hochglanz.

Für Ulrike, die zwischendurch um die Ecke guckte, hatte er leider keine Zeit, was diese sicher verstand. Davon ging Thomas aus.

Anschließend testete er auf einer Probefahrt den neuen Sound der Harley. Einfach klasse!

Das meinten auch die Kumpel am Biker Treff. Gemeinsam aß man Currywurst, trank Kaffee, fachsimpelte und war sich einig, dass das Motorradfahren eine super Sache war.

Rundum zufrieden stellte Thomas die Harley schließlich in der Garage ab, genehmigte sich ein Bierchen und betrat gut gelaunt das Wohnzimmer. Von Ulrike war nichts zu sehen. Also machte er es sich in seinem Lieblingssessel bequem und schaltete den Fernseher ein. Heute schien sein Glückstag zu sein, denn tatsächlich lief im Sportkanal die Übertragung eines Motorradrennens. Der MotoGP von Valencia wurde ausgetragen.

Eine Hand legte sich von hinten auf seine Schulter, strich sanft darüber.

„Honey, ich habe dich schon vermisst", raunte ihm Ulrike ins Ohr.

„Das ist schön", antwortete Thomas, ohne den Blick von der Mattscheibe zu nehmen.

„Devil – jetzt wäre Joan Mir fast gestürzt. Dabei sah es die ganze Zeit so aus, als würde er gewinnen!"

„Oh, darauf habe ich nicht geachtet. Kannst du dich für einen Moment von dem Rennen losreißen?" Ulrike klang immer noch bemerkenswert soft.

„Ja, sicher. Was ist denn los?", fragte Thomas ein wenig ungeduldig, denn es würde sich gleich entscheiden, wer das Rennen gewinnen würde.

„Schau mich einfach an", säuselte es hinter ihm.

Also schloss Thomas einen Kompromiss. Während er versuchte, dem Renngeschehen weiter zu folgen, lugte er hinter sich.

Ulrike hatte High Heels an. Weiter trug sie nicht viel. Nur ein schwarzes, ziemlich kurzes, ziemlich durchsichtiges und ziemlich tief dekolletiertes Dings. Sie sah ihn erwartungsvoll an.

„Du warst den ganzen Tag sooo beschäftigt", hauchte sie lasziv.

Thomas überlegte blitzschnell, wie er Ulrike so lange hinhalten konnte, bis das Rennen zu Ende war. Dann wollte er voll und ganz für sie da sein. Er wog das Risiko ab …

Der Tag war bisher toll gelaufen. Warum sollte es jetzt nicht so sein. Er würde Ulrike zum Lachen bringen und so bestimmt die Chance haben ...

Also schnipste er mit dem Finger. „Alles klar. Ich verstehe. Du willst sicher die Wäsche waschen, weil du sonst nichts mehr zum Anziehen hast, als das kurze Ding da. Hoffentlich ist dir nicht zu kalt damit. Warte, ich ziehe mein Hemd auch gleich aus. Das kannst du direkt mitwaschen ...“

Weiter kam er nicht, denn er hatte Ulrikes Sinn für Humor falsch eingeschätzt.

Thomas seufzt. „Dass Mir auf Suzuki das Rennen gewonnen hat, habe ich dann im Internet gelesen.“

Ich mustere ihn mitleidig. „Der Abend war wohl nicht so toll für dich, was?“

„Kann man so sagen. Ich habe letztendlich auf dem Dachboden geschlafen. Dort steht noch eine alte Liege ---“

Angie Pfeiffer

Die Bollerbuxe

„Hallo liebe WDR 2 Hörer. Wie ihr ja sicher alle wisst, ist heute das große Tom Jones Konzert in der Düsseldorfer Philipshalle, das der WDR unterstützt.
Die gute Nachricht ist: Es gibt noch einige wenige Karten. Also, nichts wie hin. Einlass ist um 19 Uhr."

Alan schaute kurz zu mir hinüber: „Sollen wir ..."
Ich nickte. „Warum nicht. Wir fahren doch sowieso in die Richtung. Zeitlich würde das auch super passen."
Wir hatten uns vor einiger Zeit einen Pontiac Firebird zugelegt und damit einen Spontanurlaub in der Toskana gemacht. Jetzt waren wir auf dem Weg nach Hause. Die Durchsage im Radio kam mir gerade recht. Zwar war ich kein ausgesprochener Tom Jones Fan, aber der Konzertbesuch würde ein toller Abschluss eines gelungenen Urlaubs sein.
„Du weißt schon, dass Tom bei seinen Konzerten Slips auf die Bühne geworfen bekommt?", fragte Alan mich grinsend.

„Echt? Keine Ahnung. Ist das so?", war meine verblüffte Antwort. Tatsächlich wusste ich das nicht.

„Ja klar. Der Tiger macht die Mädels mächtig an."

Ich zog die Nase kraus. „Dann hoffe ich für ihn, dass die Unterplinten wenigstens frisch gewaschen sind. Etwas anderes will ich mir gar nicht vorstellen."

Alan lachte laut auf. „Darüber habe ich mir noch gar keine Gedanken gemacht."

„Ich höre den einen oder anderen Titel von ihm ganz gerne, aber dass der Typ mich anmacht, kann ich nicht sagen. Er ist mir viel zu alt", sinnierte ich. „Da kann er tausend Mal ‚Sex Bomb' singen. Echt, den Slip auf die Bühne werfen, wie kann man das bloß machen."

„Du würdest dich das nicht trauen. Das ist mir klar!"

„Was!!! Das glaubst du? Ich würde mich das sehr wohl trauen, wenn ich das machen wollte", antwortete ich empört.

Pah – ich und mich irgendetwas nicht trauen! Da kannte der Mann mich aber schlecht.

„Was regst du dich so auf? Du kannst ruhig zugeben, dass du das nicht machen würdest, weil du Angst hättest, dass Tom dich dann vielleicht auf die Bühne holen würde. Das tut er nämlich manchmal", grinste Alan.

„Das Risiko würde ich durchaus eingehen, schließlich ist Tom nicht mehr der Jüngste und stellt ja wohl keine Bedrohung da ... ähm ... jetzt sexueller Natur ..."

„ist schon gut. Du musst nicht rot werden." Dieser Mann machte sich offensichtlich über mich lustig!

„Du wirst es schon sehen", murmelte ich und nahm mir vor ihn zu überraschen.

Ohne weitere Kommentare über den Tiger, Unterwäsche, Sex und sich nicht trauen erreichten wir die Philipshalle.

„Honey, ich brauche Hilfe mit dem Koffer. Ich möchte mich ein bisschen frischmachen, bevor wir auf das Konzert gehen und schminken würde ich mich auch gern", erklärte ich Alan.

„Okay, ich besorge schon mal die Karten. Du kannst in Ruhe nach deiner Kulturtasche guckten. Ich komme dann wieder hier her" Alan verließ zu meiner großen Freude den Parkplatz und strebte der Halle zu.

Das war meine Chance. Ich würde meinem Liebsten beweisen, dass ich mutig und taff war. Also öffnete ich meinen Koffer und kramte darin herum. Die Kulturtasche und das Schminktäschchen waren schnell gefunden. Nun also die Hauptsache:

Oh je, ich hatte gar nicht mehr auf dem Schirm gehabt, dass nur noch zwei saubere

Slips im Koffer waren. Beide schaute ich mir kritisch an und entschied mich dann für ein neu gekauftes rotes Höschen, denn das andere Teil war ein sündhaft teurer Hauch von nichts. Das würde ich doch nicht dem ollen Tom Jones vor die Füße werfen. Das knallig rote Höschen war zwar das, was meine Oma immer eine ‚vernünftige Unterhose‘ genannt hatte, aber es bestach mit seiner Signalfarbe. Das musste reichen. Schnell stopfe ich mir den Slip in meine Hosentasche, denn Alan kam zurück.

„Alles erledigt. Karten waren tatsächlich nur noch ein paar da."

Ich lächelte ihn zuckersüß an. „Dann kann es ja losgehen."

Das Licht ging aus, Tom sprang auf die Bühne und legte gut gelaunt los. Die Stimmung war richtig super. Ich hatte mich frisch gemacht und geschminkt und fühlte mich kribbelig aufgeregt.

Tom, der Tiger gab alles und bekam tatsächlich einige Strings auf die Bühne geworfen. Jeden hob er auf, zeigte ihn ausführlich dem Publikum, tupfte sich spektakulär damit den Schweiß von der Stirn und ließ ihn dann verschwinden, indem er ihn nach hinten warf.

‚Klar – was soll er auch sonst damit anfangen‘, dachte ich. ‚Gut, dass ich den teuren String im Koffer gelassen habe.‘

„And now – for all the sexy ladies", hauchte Tom ins Mikrofon und stimmte seinen Tophit ‚Sex Bomb‘ an.

Jetzt oder nie!

„Ich bin dann mal weg", rief ich Alan zu und lief in Richtung Bühne. Tatsächlich gelang es mir unter Zuhilfenahme der Ellenbogen bis in die erste Reihe zu kommen, wo ich den Slip aus der Hosentasche zog und den Arm hob. Was ich gar nicht erwartet hatte passierte: Der Tiger sah mich direkt an. Ich warf den Slip und er fing ihn tatsächlich auf. Alans Worte fielen mir wieder ein: ‚Vielleicht holt Tom dich auf die Bühne, wenn du ihm einen Slip zuwirfst.‘ Das wollte ich auf keinen Fall riskieren. Also drehte ich mich blitzschnell um und eilte zurück zu unserem Platz. Hier erwartete mich ein über das ganze Gesicht grinsender Alan.

„Das hast du nicht gedacht, was. Pah, ich traue mich nicht ...", rief ich triumphierend aus.

„Das stimmt, my Dear. Du überraschst mich immer wieder", war die Antwort.

In Hochstimmung tanzte, klatschte und sang ich bis zum Ende des Konzertes die Songs mit. Doch irgendwann ist das schönste Konzert zu Ende. Wir waren wieder auf der Autobahn, um endgültig heimzufahren.

„Sag mal, was war das denn für ein merkwürdiger Slip, die du Tom da zugeworfen hast?", fragte mich Alan mit einem Lacher in der Stimme.

„Das war der Einzige, der noch sauber war und neu war er auch. Also ... es war noch einer im Koffer, aber den fand ich zu schön, um ihn an den Tiger zu verschwenden. Also habe ich den Roten genommen", antwortete ich. „Warum fragst du?"

Jetzt lachte Alan lauthals. „Tom hat das Teil natürlich gezeigt. Er hat ziemlich irritiert ausgesehen. Vor Verlegenheit hat er gar nicht gewusst wohin damit. Da hat er es in seine Jackentasche gesteckt. Hast du das denn gar nicht mitbekommen?"

Verblüfft schüttelte ich den Kopf. „Ich bin doch gleich zurück zu unseren Plätzen gegangen. Da habe ich natürlich nicht darauf geachtet, was er mit dem Höschen macht. Wieso bitte soll er verlegen gewesen sein?"

„Weil es ein ziemlich großes Höschen war", grinste Alan. „Jedenfalls viel größer, als die Strings, die er zugeworfen gekriegt hat."

„Von wegen. Was redest du denn da? Willst du mir damit sagen, dass ich zu dick bin!?" Das wurde ja immer schöner.

„Aber nein, davon habe ich doch gar nichts gesagt", erwiderte Alan und versuchte, das Lachen zu unterdrücken, was ihm nicht wirklich gelang.

In mir kochte es. „Erst sagst du, dass ich feige bin und jetzt behauptest du auch noch, dass ich zu dick bin. Geht's noch?", funkelte ich meine bessere Hälfte an.

Alan ließ sich nicht aus der Ruhe bringen. „Ich sage jetzt gar nix mehr. Das wird ja alles gegen mich verwandt."

Also schwiegen wir die nächsten zehn Kilometer. Meine Wut verrauchte so schnell wie sie gekommen war. Na ja, so klein war das Höschen wirklich nicht gewesen. Eben ganz normal.

Ich stellte mir Toms Gesicht vor, als er es dem Publikum präsentierte und kicherte los. „Weißt du was, Honey, der Tiger wird bestimmt nach diesem Erlebnis in Rente gehen. Wenn er schon Bollerbuxen auf die Bühne geworfen kriegt, wird selbst er sich sagen, dass es Zeit wird."

Alan stimmte in mein Lachen mit ein. „Glaub mir, my dear, er hat keinen Schimmer, wer ihm all die Strings zugeworfen hat, aber an dich und dein rotes Höschen wird er sich auch nach Jahren noch erinnern."

Robin Rhoys

Quote für Primaten

„Was ist schöner als ein Sonntagmorgen", denkt Klaus-Michael, seufzt wohlig auf und nippt an seiner Kaffeetasse.

Tatsächlich ist dies ein perfekter Morgen. Ihm gegenüber sitzt nur seine Ehefrau. Die gemeinsame Tochter stört nicht, sie hat bei den Großeltern übernachtet und nervt diese wahrscheinlich gerade mit ihrem übersprudelnden Bewegungsdrang und der Angewohnheit, schon am frühen Morgen laut und ungefiltert ihre Meinung kund zu tun.

Also ist heute alles ruhig und behaglich. Klaus-Michael kann ungehindert der Natur lauschen, denn es ist ein warmer Tag, das Fenster zum Essbereich steht speerangelweit auf.

Die Vögel sitzen tirilierend auf den Zweigen, des Apfelbaumes, der im Sommer Schatten und im Herbst leckere Äpfel spendet.

Klaus-Michael beschließt spontan, sich zu seinem nächsten Geburtstag ein schönes, treffsicheres Luftgewehr zu wünschen.

Er lächelt seine Frau an. Sie sitzt ihm gegenüber, beißt herzhaft in ihr Honigbrötchen und studiert die Todesanzeigen in der Tageszeitung. Die Zeitung erst einmal an dieser

Stelle aufzuschlagen, das ist eine lieb gewordene Angewohnheit. An ihrem leisen Kichern erkennt Klaus-Michael, dass sie jemand Bekanntes entdeckt hat.

„Wer ist es, Liebling?", fragt er.

„Eva-Lotta Abort", ist die Antwort. „Sie saß in der Grundschule neben mir. Ich musste sie abschreiben lassen, sonst hätte sie mich gehauen. Der Tod kam plötzlich und unerwartet ...", sie schnalzt mit der Zunge. „Das wird wohl ein Herzinfarkt gewesen sein, so fett, wie sie damals schon war.

Klaus-Michael schüttelt den Kopf. „Das sagt man aber nicht, meine Liebe. Politisch korrekt heißt es übergewichtig."

Seine Frau mustert ihn kühlt über den Zeitungsrand hinweg. „Ah – sagt man das. Aber Eva – Lotta war echt fett."

Klaus-Michael sagt lieber nichts, sondern vertieft sich weiter in den Wirtschaftsteil der Zeitung, wird aber vom Klingeln an der Haustür gestört.

Er raschelt vernehmlich mit der Zeitung. „Gehst du? Ich muss mir die Aktienkurse genauer ansehen ...", murmelt er, registriert, dass seine Frau die Augen verdreht und sich in Richtung Haustür begibt.

Kurz darauf kommt sie mit einem breiten Grinsen im Gesicht zurück. „Schnuckelhase, du solltest mal kommen", trällert sie. „Die neuen Nachbarn sind an der Tür. Sie wollen sich vorstellen. Du kannst ruhig so bleiben. Die beiden sind echt taff", kommentiert sie seinen Einwand, denn er trägt außer seinem gelb-weißen Borussen Bademantel nichts am Körper.

Taff – das ist Klaus-Michael auch und begibt sich so wie er ist zur Haustür.

„Hallo, ich bin Karlo", sagt der tätowierte Riese, der vor ihm aufragt. „Das", er legt überraschend zart einen Arm um den kleinen Typen, der neben ihm steht, „das ist mein Mann. Armin heißt er."

„Ne, wirklich?", entfährt es Klaus-Michael entgeistert.

„Wollen Sie nicht hereinkommen", sagt seine Frau. „Wir frühstücken gerade, einen Kaffee können Sie gern mittrinken."

„Was machen Sie so?", wendet sie sich an Armin, als alle am Esstisch sitzen.

„Einen Jodelkurs vielleicht", denkt Klaus-Michael, schweigt aber lieber. Stattdessen zieht er den Bademantel enger um sich. Ihm ist plötzlich ein wenig kühl. Zudem fühlt er sich nicht angemessen bekleidet. Nicht, dass er etwas gegen Schwule hätte. Aber in seiner Wohnung? Und er nackt im Bademantel? Was, wenn der Riese ihm die Hand auf den Oberschenkel legt ... Er sitzt ziemlich nah neben ihm ...Verstohlen mustert er Karlo. Groß, massig, Nasenhaare wie ein Waldgorilla. Armin dagegen ist zierlich, fast ein wenig feminin. Er nippt mit abgespreiztem Finger an seiner Kaffeetasse.

„Ich bin Model", sagt er. „Aber nicht was sie denken – ganz bieder."

Alle lachen, während Klaus-Michael vor sich hin gluckst. „Schwul und Model – wenn das nicht passt. Von wegen bieder", denkt er.

„Und da sind sie sich ... näher gekommen ... beim Modeln?", fragt er betont harmlos.

„Nein, Karlo ist Wrestler. Wir sind sozusagen eine Sandkastenliebe", ruft Armin aus und greift zu Karlos Pranke. Sie strahlen sich an.

Klaus-Michael guckt die Wand an. Dort hängt ein Portrait seiner Schwiegermutter.

Guckt sie noch missbilligender als sonst? „Sandkastenliebe???", denkt er. „Schwule Kitakinder? Die Welt ist schlecht. Was wird als nächstes kommen? Der Koran als Pflichtlektüre für bayerische Grundschulen? Bedingungsloses Grundeinkommen für alle?"

Seine Frau wendet sich an den Riesen mit der Nasenhaarwolle. „Und sie sind tatsächlich Wrestler? Wie interessant."

„Das bin ich", nickt der Yeti.

„Erzählen sie dich mal", legt sie nach.

Klaus-Michael zupft an seinem Bademantel. Er fragt sich, wie lange das Gespräch noch dauern soll.

Wieder schweift sein Blick zum Bild der Schwiegermutter. Sie fixiert ihn definitiv strafender als sonst.

„Nun, es ist auf jeden Fall schön, dass die Menschen heute so aufgeschlossen uns Homosexuellen gegenüber sind", erklärt Armin gerade.

„Stimmt, wenn ich an meinen Vater denke", fügt Karlo hinzu.

Klaus-Michael grinst. „Ach, war der auch vom anderen Ufer, oder was?"

Gelächter folgt. Na ja, Klaus-Michaels Gelächter. Die Anderen haben den Witz wohl nicht verstanden.

Seine Frau schaut betreten in ihre Kaffeetasse und räuspert sich ziemlich laut. „Man müsste nicht nur eine Frauenquote haben, sondern auch eine Quote für Homosexuelle. Das denke ich schon lange", sagt sie laut und schaut Klaus-Michael auffordern an.

„Ja klar", grinst der. „Und eine Quote für Primaten wäre nicht schlecht. Schimpansen in die Politik, das wäre doch mal ein Slogan."

Es kommt ihm so vor, als würde die Schwiegermutter ihm von der Wand aus anerkennend zublinzeln.

„Haben Sie etwas gegen Homosexuelle?", sagt Karlo leise und sieht dabei so aus, als würde er gern die Kaffeetasse an die Wand werfen.

„Keineswegs", flötet Klaus-Michael und lächelt diabolisch. Es geht mit ihm durch: „Sagen Sie mal, Karlo: Sie als Wrestler haben doch sicher einen Künstlernamen. Wie nennen Sie sich? Der warme Bruder? Oder Hinterlader?"

„Was haben Sie denn gemacht? Ringkampf mit einem Nashorn?", fragt der diensthabende Arzt, während er die Platzwunde über Klaus-Michaels Stirn vernäht.

„Woher wissen Sie das denn", lacht seine Frau. „Aber Sie sollten mal den Anderen sehen", fügt sie mit einem Blick in Klaus-Michaels Gesicht vorsichtshalber hinzu.

Angie Pfeiffer

Wie heißt du noch mal?

Ich wache abrupt auf, setzte mich aufrecht
hin.

Was ist das für ein Geräusch?

„Einbrecher", denke ich ein wenig panisch.
Aber dann sehe ich die Putzfrau. Sie feudelt
im Zimmer herum. Natürlich putzt sie die
Ecken rund. Man kann gar nicht genug aufs
Personal aufpassen.

Ich erinnere mich nicht daran, diese Person
eingestellt zu haben. Das hat sicher Er gemacht und wie immer hat Er vergessen, mir
Bescheid zu sagen.

„Hat Er Sie eingestellt?", frage ich und weise
auf das Foto, das auf meinem Nachttisch
steht. Es zeigt einen jungen Mann, der breit
in die Kamera grinst.

„Keine Ahnung, bin von Reinigungsfirma."
Die Person zuckt mit den Schultern.

„Dann wissen Sie wohl auch nicht wie Er
heißt? Aber das müssen Sie. Ich hab's vergessen und auch, wann er mich immer besuchen
kommt."

Sie hält inne, schaut mich irgendwie komisch
an. Dann wischt sie schweigend weiter.

„Wenn Er Sie eingestellt hat, dann müssen

Sie aber doch seinen Namen wissen", beharre ich störrisch auf meiner Aussage.

Die Frau wendet sich mir zu, stemmt die Arme in die Hüften. „Weiß nicht. Habe genug mit Putzen zu tun. Bei uns ist die Oma zu Hause, auch wenn sie vergesslich." Sie öffnet demonstrativ die Balkontür, fängt an, dort zu putzen.

Was für eine impertinente Person! Ich nehme mir vor, sie sofort zu entlassen. Allerdings erst, wenn sie fertig ist.

Schließlich ist die Putzfrau wieder im Zimmer. „Alles zu Zufriedenheit?", fragt sie mit einem frechen Grinsen.

Das muss ich mir wirklich nicht länger gefallen lassen. „Sie sind entlassen und zwar ab sofort", sage ich entschlossen. „Der letzte Lohn wird Ihnen überwiesen. Der ... Er ... also der junge Mann, der Sie eingestellt hat, wird sich darum kümmern."

Der Name will mir partout nicht einfallen. Wieder zuckt die Person mit den Schultern. Wenigstens nimmt sie ihre Putzutensilien. „Bis morgen dann." Mit diesen Worten geht sie.

„Das werden wir sehen", murmele ich drohend. Diese Frau braucht hier nicht mehr aufzutauchen.

Plötzlich geht die Tür auf. Der junge Mann von dem Foto stürmt ins Zimmer. Unbekümmert lässt er sich auf meine Bettkante fallen. „Hi Omi!"

„Das wird ab er auch Zeit, dass du dich mal sehen lässt", mosere ich, obwohl ich mich wie Bolle fühle, so sehr freue ich mich ihn zu sehen.

„Jetzt bin ich ja hier", sagt er und gibt mir einen Kuss auf die faltige Wange.

Aber so schnell will ich nicht kleinbeigeben. „Du solltest dich mal ordentlich kämmen und rasiert hast du dich auch nicht!"

Er grinst. „Das ist jetzt modern. Nennt man Dreitagebart. Und die Haare sind so richtig. Das gefällt den Mädels."

Er bringt mich immer zum Lachen, das fällt mir wieder ein.

Auch heute kichere ich wie ein junges Mädchen und verwuschele ihm die wirre Frisur.

„So, so, den Mädels? Du bist wohl ein richtiger Herzensbrecher, was?"

Wie treu er gucken kann! Ich würde mich sofort in ihn verlieben, wenn ich nur ... ich überlege ... schätzungsweise 60 Jahre jünger wäre.

„Willst du eine?"

Ehe ich antworten kann, steckt er eine Zigarette an und reicht sie mir. Ich nehme einen tiefen Zug, reiche sie ihm zurück. Schweigend und im guten Einvernehmen rauchen wir.

Er lehnt den Kopf an meine Schulter. Das fühlt sich richtig gut an.

Da fällt mir plötzlich etwas ein: „Die Putzfrau habe ich gerade entlassen. So eine freche Person. Wenn du noch mal eine einstellst, solltest du mir wirklich vorher Bescheid sagen."

Ich stutze. Da war doch noch etwas! Ja, richtig! „Wie heißt du überhaupt?"

Er lacht wieder über das ganze Gesicht. „Timo und ich bin dein Enkel, aber das ist nicht so wichtig. Nächste Woche bringe ich uns mal ein Tütchen mit. Das braucht hier im Altenheim ja keiner mitzukriegen. Ein Joint wird dir bestimmt guttun."

Ich nicke.

Egal, wie der Junge heißt – wo er recht hat, hat er recht.

Schwedische Nächte

Es war Freitag, kurz nach 17:00 Uhr, als das Telefon klingelte. Der Computer war schon aus und ich auf dem Weg zur Tür.

Einen Moment zögerte ich, dann kehrte ich noch mal um zum Schreibtisch. Eine Nummer mit schwedischer Vorwahl im Display: Jan-Peter .....

Ich hatte Jan-Peter vor ca. 3 Monaten in München auf der Messe kennen gelernt. Er ist Geschäftsführer eines mittelständigen Unternehmens in Stockholm und interessierte sich für unsere neuen elektronischen Steuerungen, die wir auf der IFAT präsentierten. Nach einem recht informativen Gespräch kam von ihm die Frage, ob er unser Vertriebspartner in Schweden und Skandinavien werden könne.

Etwa 2 Wochen später schickten wir einen Vorvertrag nach Stockholm – und eine Steuerung, damit Jan-Peter sich mit dem Gerät vertraut machen konnte. Seitdem verging fast kein Tag mehr, ohne das ich einen Anruf von ihm bekam und er Fragen zur Technik hatte.

Seufzend nahm ich den Hörer ab: „Hallo Jan-

Peter – bin schon im Wochenende!!"

„Hi, Alan. Stopp, nicht so schnell. Du weißt doch, dass wir nächste Woche hier in Stockholm die Messe haben, wo ich auch eure Steuerungen präsentieren will. Skandinavien wartet auf diese Innovation!"

„Ja, und was kann ich am Freitag noch für dich tun?", ich war etwas genervt, denn ich hatte meiner Frau versprochen, sie zum Italiener auszuführen. Und meistens dauerten die Gespräche mit Jan-Peter länger.

„Hör mal, Alan, du hattest doch angeboten, mich auf der Messe zu unterstützen."

„Ja, was du dankend abgelehnt hast!"

„Mmh", Jan-Peter klang unsicher, „wäre vielleicht doch nicht so schlecht, wenn du nächste Woche von Dienstag bis ..." Das ging noch eine Weile so, bis ich schließlich zustimmte. Einen Flug hatte Jan-Peter schon für mich ausgesucht, nur mit einem Hotel würde es schwierig werden.

„Hey – du kannst die 3 Nächte bei mir übernachten. Wir haben ein großes Haus mit Gästezimmern. Und es kommt öfter vor, dass Geschäftspartner bei mir übernachten."

Sollte ich das jetzt wirklich machen? Aber warum auch nicht, so konnte man abends noch mal über Vertriebsstrategien, Distributionsvertrag, Zahlungskonditionen und ähnliches diskutieren. „Also gut, wir sehen uns

Montag Abend in Stockholm – schönes Wochenende!", damit legte ich auf und verließ nachdenklich das Büro.

Am Montag Abend landete ich kurz vor 22:00 Uhr in Stockholm. Jan-Peter kam auf mich zugestürzt, nahm mich in den Arm und deutete einen Kuss auf die Wange an – was mich etwas irritierte. Denn eigentlich kennen wir uns kaum.

„Hey, Jan-Peter, nicht ganz so stürmisch."

„God kväll, Alan – hattest Du einen guten Flug?"

„Alles gut – jetzt muss ich bloß noch ein wenig Geld wechseln und dann ein paar nette Blumen für deine Frau kaufen. Wo ich doch schließlich bei euch ...."

„Na, Geld wechseln kannst du auch noch morgen", Jan-Peter winkte ab, „ja, und mit den Blumen ..." Er zögerte etwas. „Also, ich lebe allein. Ich habe mich vor etwa 6 Wochen getrennt!" Er sah mein fragendes Gesicht und fuhr rasch fort: „ ... aber alles in Ordnung."

„Oh, tut mir leid. Wenn ich gewusst hätte – ich will keine Umstände machen", jetzt war ich schon etwas ratlos.

„Ach, Quatsch, klappt schon!", Jan-Peter legte einen Arm um mich und schob mich Richtung Ausgang.

Es dauerte ca. 40 Minuten mit seinem Volvo, bis wir vor einem wirklich schönen, großen Haus in einem Vorort von Stockholm hielten. Das bescheidene Heim erwies sich schon fast als Villa, großer Wohnbereich, rustikal eingerichtete Küche mit einem riesigen Esstisch, Bürobereich und Kaminzimmer im Erdgeschoß, Schlafzimmer, Gästezimmer und 2 Bäder im ersten Stock.

Nachdem ich mich in einem Gästezimmer eingerichtet hatte, trafen wir uns im Kaminzimmer.

„Hast Du Lust, noch etwas zu trinken? Zwei Straßen weiter ist eine nette Bar mit netten Leuten. Allerdings fast nur Männer!", Jan-Peter hatte den Kopf etwas zum Boden gesenkt, schaute mich aber jetzt kurz und verlegen an.

„Oh – du meinst eine Schwulenbar?"; platzte es aus mir raus.

Jan-Peter wurde etwas rot und hielt den Kopf gesenkt.

„Hey, ich habe nichts gegen Schwule! Entschuldigung, gegen Homosexuelle", ich merkte, dass ich da bei Jan-Peter grade in ein Fettnäpfchen getreten war. „Ehrlich nicht! Jeder sollte so leben, wie er fühlt und denkt und wie er möchte. Ich stehe auf Frauen – aber ich respektiere und akzeptiere genauso Männer, die halt Männer lieben!", ich ver-

suchte, mich zu erklären, „aber für heute sollten wir doch hierbleiben. Es ist schon ziemlich spät und ich bin kaputt vom langen Tag."
Jan-Peter nickte. Er ging zum Barschrank, holte ein Flasche Bulleit Bourbon Whisky heraus, stellte zwei Gläser hin und schenkte uns ziemlich kräftig ein.
„OK, dann Prost – vielleicht können wir in den nächsten Tagen ja mal rüber gehen", mein schwedischer Geschäftspartner hob sein Glas und kippte sich den Triple-Whisky mit einem Zug runter.

Ich hatte mich in das große, bequeme Sofa gesetzt und nippte auch an meinem Whisky. Jan-Peter war sichtlich nervös, erzählte über belanglose Sachen, vom Kauf und der Einrichtung seines Hauses, schüttete uns immer wieder ein und setzte sich immer wieder für einen Moment kurz neben mich. Dabei berührte sein Bein wie zufällig meins – und beim Aufstehen stützte er sich kurz auf mein Knie. Nach einiger Zeit und einer fast leeren Whiskyflasche war seine Aussprache dann nicht mehr so klar: „Uu dann hab' ich gedacht, jezz ist das Leben wirklich suuper – unn dann verläst mich Frederik ganz plö...".
Hier kam auch Jan-Peter ganz plötzlich ins Stocken!
„Ja", ich nickte, „ich hab jetzt verstanden."

Jan-Peter schaute ziemlich panisch.

„Aber das ist doch OK für mich!", ich bemühte mich, den jetzt wirklich hektisch atmenden Schweden zu beruhigen, „wir sollten vielleicht morgen in aller Ruhe über das Thema sprechen. Es ist verdammt spät, ich bin müde, der Whisky ist leer und die Messe fängt früh morgens an!"

Jan-Peter nickte, starrte mich an, trank seinen Whisky aus, drehte sich ohne ein Wort um und schwankte aus dem Raum.

Ich ging hoch ins Gästezimmer, legte mich ins Bett und grübelte noch kurz über das Geschehene. Aber auch bei mir wirkte der Whisky und so schlief ich nach kurzer Zeit ein.

Irgendetwas weckte mich einige Zeit später. Ich weiß nicht, ob es ein Geräusch oder nur ein Gefühl war. Ich drehte mich im Bett um – und sah im Vollmondlicht eine nackte Gestalt vor meinem Bett. Nackt, männlich – und ziemlich erregt, wie man selbst im Mondlicht sehen konnte. Brüllend fuhr ich auf, griff zum Lichtschalter, fluchte und schrie auf Deutsch und deutete zur Tür.

Jan-Peter, jetzt nicht mehr so ganz erregt, hob die Hände zu einer fragenden Geste und ging rückwärts auf die offene Tür zu. Ich brüllte noch immer, sprang aus dem Bett auf

Jan-Peter zu und stieß ihn aus dem Zimmer. Das Knallen der von mir zugeschlagenen Tür und das Klatschen des nackten Körpers auf die Fliesen kamen zeitgleich.

So rasch ich konnte, zog ich mich an, stopfte meine Anzüge und gebügelten Hemden in den Koffer, raffte meinen Aktenkoffer mit dem Computer und Unterlagen zusammen und verlies fluchtartig das Haus.

Nach einigen hundert Metern lies ich mich auf eine Bank an einer Bushaltestelle fallen. Ich zitterte noch immer vor Wut und Aufregung am ganzen Körper. Tief durchatmend überlegte ich, was ich tun konnte. Ich wusste nicht, wo ich in Stockholm war, hatte keine Kronen in der Tasche, kein Zimmer, kein...

„Jetzt beruhige dich – und überleg", so langsam spielte mein Geist wieder mit. Smartphone raus und auf iMaps schau'n, wo du bist. Natürlich hatte ich am Abend schnapsbedudelt vergessen, das Gerät zu laden. Jetzt hatte ich noch 7% Akkuladung. So prägte ich mir die Richtung zum nächsten größeren Hotel ein und machte mich mit Aktenkoffer rechts und Trolly links auf den Nach etwa 20 Minuten kam ich an eine größere Straße, wo auch mehr Verkehr war. Auf mein Winken hielt jedoch keins der vorbeifahrenden Taxis, so schaute ich wieder auf's Smartphone nach der Richtung – noch 4% Akku!!

So lief ich durch die Stockholmer Nacht, die Koffer wurden irgendwie immer schwerer und ein Ende war nicht abzusehen. Mein Smartphone hatte inzwischen den Geist aufgegeben, bis ich um etwa 4:00 Uhr in der Nacht das Merkur-Hotel entdeckte.

In der Hotellobby gab's einen Geldautomaten und der Nachtportier gab mir eine Cola und rief ein Taxi zum Flughafen, ohne irgendwelche Fragen zu stellen.
Selbst sein Blick war ziemlich neutral.

Am Flughafen bekam ich tatsächlich noch einen Flug nach Düsseldorf, über den Preis für das Ticket möchte ich lieber nicht sprechen.
Ein paar Tage später brachte der Paketdienst die Steuerung aus Schweden zurück – unfrei, Fracht zahlt Empfänger. Na, ja.

Ach, übrigens, von Jan-Peter habe ich nie wieder etwas gehört.

Angie Pfeiffer

Sie haben Post

Es gibt böse Engel, definitiv.

Der Briefzusteller ist so einer. Wieder schwebt er an mir vorbei als wäre ich nicht vorhanden. Im letzten Moment allerdings schaut er mich kurz und höhnisch an. Wahrscheinlich unterschlägt unsere Post seit einer geraumen Weile.

Das habe ich als erstes festgestellt, dass auch Engel fies sein können. Keine Ahnung, wie lange ich jetzt schon auf dieser Wolke sitze und Hosianna singe. Jedenfalls kommt mir die Zeit unendlich lang vor.

Neben mir angedockt ist die Wolke meines Mannes. Er lungert dort herum, schnarcht und räkelt sich wie damals. Nur die Flasche Bier fehlt, dafür hat er Manna satt.

Es ist okay, dass er an meiner Seite ist, schließlich haben wir uns sehr geliebt. Hin und wieder frage ich mich, wie das bei den Paaren ist, die sich nicht mochten oder bei Geschiedenen. Müssen die auch für immer zusammenbleiben? Das stelle ich mir nicht besonders lustig vor. Und was ist mit denen, die mehrfach verheiratet waren? Das wird mir dann doch zu kompliziert, ich lasse das Nachdenken mal lieber sein und konzentriere mich wieder auf das Singen. Das ist wichtig, wegen der Dichtigkeit. Schließlich will ich mich nicht in Luft auflösen.

Apropos Luft: Wieder einmal muss ich meinen damalig Angetrauten darauf hinweisen, dass sein rechtes Bein dabei ist, sich in lauter kleine Wölkchen zu verwandeln. Er stutzt, guckt kritisch nach unten und fängt gleich mit einem inbrünstigen Hosianna an, was seinem Bein eindeutig zugutekommt. Es materialisiert sich nämlich wieder.

Es ist halt harte Arbeit, sich hier im Himmel zu halten, denn wir müssen selbst für unsere Dichtigkeit sorgen. Niemand schert sich einen Deut darum, ob wir das so ohne weiteres schaffen. Eine Gewerkschaft gibt es auch nicht und so haben wir einen sechzehn Stunden Tag, den wir mit dem erwähnten Hosianna Gesang verbringen. Was bleibt uns auch übrig, dann wer will schon als ausgefranstes Wolkenfragment durch den Orbit taumeln, bis er von einem Sonnensturm in alle Winde verweht wird.

Es gibt noch eine andere Möglichkeit, um die Dichtigkeit zu erhalten, aber darauf haben wir hier oben keinen Einfluss. Einzig die auf der Erde Zurückgebliebenen können uns helfen, aber das wissen sie leider nicht. Je intensiver und liebevoller sie an uns denken, umso besser ist es für uns, umso weißer und schimmernder sehen wir aus, was uns allgemeine Bewunderung einbringt.

Aber es gibt auch das Gegenteil, denn an wen mit Hass oder gar Abscheu gedacht wird, der kann noch so viel und inbrünstig singen, es hilft ihm nicht. Irgendwann ist er eine Fransenwolke und treibt davon. Merkwürdigerweise sitzen alle Schufte und Schurken, die irgendwie prominent waren auf ihren Wolken. An sie scheint ständig gedacht zu werden und zwar im positiver Sinn. Manchmal erscheinen sie etwas durchsichtiger, aber genauso schnell erstrahlen sie wieder. Ich frage mich, wieso diese Typen überhaupt hier zwischen uns sitzen? Gott muss zuweilen mächtig verwirrt sein.

Einmal am Tag kommt der Briefzusteller vorbei und verteilt die Gedanken, die fein in Briefumschläge verpackt sind. Leider ist für uns in letzter Zeit nichts dabei, was mich langsam nervös werden lässt. Wir haben vier Söhne mit den dazugehörigen Ehefrauen! Und neun Enkel!

Bisher habe ich mir nie Gedanken machen müssen. In schöner Regelmäßigkeit kamen Briefumschläge für uns, in denen sich immer gute Gedanken befanden. So konnten wir uns das eine oder andere Päuschen erlauben. Denn, wie ich bereits bemerkte, ist die ewige Singerei ganz schön ätzend.

Huch, es ist bereits wieder Morgen, der Post-zusteller schwebt an uns vorbei, dieses Mal gemein grinsend. Darf der das eigentlich? Wo bleibt hier die himmlische Güte? Ehe ich von bösen Gedanken übermannt werde, singe ich laut und akzentuiert. Mein Mann fällt brummelig in meinen Gesang ein. So vergeht eine Weile, bis Petrus mit grimmiger Miene auf uns zugestapft kommt. In der Hand hat er ein riesiges Bündel mit Briefumschlägen. „Der Postengel, dieser Schlingel, hat wohl etwas gegen euch", grollt er. „Er hat eure Post einfach nicht zugestellt. Ich bringe sie euch persönlich, damit nicht noch etwas bei der Zustellung schief geht."

Er reicht mir das Päckchen und dreht sich abrupt um. „Büßen ... degradieren ... Wolke ganz unten ...", höre ich ihn im Weggehen murmeln.

Entzückt öffne ich den obersten Umschlag. Mein Mann ist zu mir gehopst und schaut mir über die Schulter. Ein wunderbarer Gedanke flattert uns entgegen: ‚Liebe Mama, heute wärst du 100 Jahre alt geworden. Alles Gute zum Geburtstag, wo immer du auch bist. Wir alle denken an dich.' Ich werde undicht, aber auf andere Weise als sonst. Mir kullern nämlich Tränen über das Gesicht. „Nicht weinen, Liebes, alles ist gut", flüstert mein Mann mir ins Ohr und nimmt mich in die Arme.

Dilettant

Die fliegende Butterdose

Missmutig stand Thomas am Kopieren und
starrte Löcher in die Luft.
„Moin, was ist denn mit dir los? Schlecht ge-
schlafen?"
„Ne, eher schlecht gefrühstückt – und alles
wegen der dämlichen Brille ---"
„???"

Es hatte am Vortag angefangen. Thomas kam
nach Hause. Seine Frau Ulrike empfing ihn
mit einem strahlenden Lächeln. „Na – wie
findest du sie ..."
„Ähm ... ja?" Blitzschnell überlegte Thomas.
Ulrikes Frisur schien wie immer zu sein. Die
Klamotten? Nein, die sahen auch ganz normal aus ... obwohl, das konnte man nicht
wissen. „Stark, sieht gut aus", probierte er
deshalb.
Vorwurfsvolle Blicke. „Neuer Versuch, WAS
sieht stark aus!"
Wie ein Blitz durchzuckte es ihn. Ulrike hatte
sich bei Optiker ihres Vertrauens eine neue
Brille ausgesucht und am Vormittag abge-
holt. „Die Brille natürlich!", trötete er enthusiastisch. „Sieht echt gut aus."

Er hatte in Laufe der Ehe gelernt, dass eine Brille nicht etwas nur eine Sehhilfe ist – sondern auch ein modisches Accessoire, das ziemlich wichtig ist.

„Findest du? Sie betont wunderbar meine Augenfarbe, nicht wahr!"

„Sag ich doch. Sie ist toll. Was gibt's zu essen?"

Ein vernichtender Blick traf ihn. „Du magst die Brille nicht! Das hätte ich mir denken können."

„Doch, doch, aber ich habe so einen Hunger."

Am nächsten Morgen deckte Thomas den Frühstückstisch. Ulrike brauchte ungewöhnlich lange im Bad. So goss er sich eine Tasse Kaffee ein und schlug die Tageszeitung auf.

„Nun ..."

Zerstreut schaute er auf. Ulrike saß ihm gegenüber und schaute ihn erwartungsvoll an.

„Guten Morgen, mein Schatz", murmelte Thomas und legte vorsichtshalber die Zeitung beiseite.

Ulrike seufzte. „Schau doch mal. Geschminkt kommt die Brille besser zur Geltung. Findest du das nicht auch!"

„Ach, du hast die Brille geschminkt? Steht ihr echt gut!" Den musste Thomas einfach mitnehmen.

Mit einer einzigen, geschmeidigen und flie-ßenden Bewegung ergriff Ulrike die Butter-dose und schmetterte sie in seine Richtung.

Blitzschnell überlegte Thomas. Auffangen würde er das Wurfgeschoss nicht mehr. Dazu kam es mit zu viel Wucht quer über den Tisch gesegelt. Also tauchte er kurzfristig unter dem Tisch ab.

Nach dem Einschlag lugte er über die Tisch-kante. Ulrike saß ihm immer noch gegenüber und hyperventilierte nur mäßig.

Also setzte er sich wieder auf und grinste. „Ich wollte dich bitten mir den Käse zu rei-chen und nicht die Butter ...„ versuchte er die Situation zu entkrampfen.

„Was soll ich sagen ... ich hatte dann Marme-lade auf dem Brötchen, aber so ganz ohne Butter ..."
Ich hieb ihm tröstend auf die Schulter. „Lust heute Mittag in die Pommes Bude um die Ecke zu gehen? Die Currywurst ist dort ganz gut."

Angie Pfeiffer
Es lebe das Homeshopping

letzte Bestellungen, noch zu bewerten:

Glimmerbarbie
(1 Meter hoch, leuchtet im Dunkeln)

Hausbar Clearlight
(incl. 2 Hockern)

Rosa Schuhe Größe 40
(sind zu groß, egal, passen zum neuen Outfit)

Grüne Schuhe Größe 37
(sind zu klein, egal, siehe oben)
Lebensgroße Pappfigur
(Sven Rentier)

Ratgeber
(P.Zwegat: Raus aus den Schulden)

DVD
(Yoga Fit Abs)

Fitnessgerät
(Hammer Kraftstation)

Für all das braucht es nur einen einzigen Mouse Klick.

Mittlerweile ist meine Wohnung so voll, dass ich keinen Platz mehr habe, um mich vernünftig hinzulegen.

Also brauche ich eine externe Schlafgelegenheit und tippe ‚Außenbett' ins Suchfeld ein. Sofort werden vierundvierzig Treffer angezeigt. Ich klicke auf den ersten und lese:

Schlafen im Freien:
Dieses geräumige Bett (2 x 2 Meter, rosa Extrakissen) kann problemlos von außen an der Fensterbank befestigt werden.
Mit seinem wetterfesten Himmel (gegen Aufpreis) trotzt es allen Widrigkeiten. Allerdings kann es sich bei Sturm (Windstärke 9) lösen. Sofort bestellen, wird noch heute verschickt – keine Portogebühren
5 von 5 Sternen

Ich bestelle das Bett mit dem wetterfesten Himmel. Schließlich soll es warm, trocken und gemütlich sein.

Am nächsten Morgen klingelt es an der Tür. Ich schaue aus dem Fenster und sehe den Briefträger, der ein ziemlich großes Paket vor sich abgestellt hat. Er sieht irgendwie sauer aus.

„Fünfter Stock, Aufzug defekt", rufe ich aus dem Fenster und eile erwartungsvoll zur Wohnungstür.

Unter schnauben und stöhnen kämpft sich der Briefträger die Treppen herauf. Ich filme ihn dabei, poste anschließend den Minifilm bei Facebook, kriege aber keine ‚Likes'.

Jedenfalls im Moment nicht.

Oben angekommen hält sich der Schwächling am Türrahmen fest, beugt sich vornüber und keucht.

„Stellen sie sich nicht so an, Mann", sage ich aufmunternd. „Seien sie froh, dass ich ihnen den Arbeitsplatz erhalte und Bewegung ist bekanntlich gesund."

Der Mann läuft rot an, er hat wohl immer noch Probleme mit der Luft. So klopfe ich ihm auf den Rücken.

„Übrigens, sie können die Fitnessstation wieder mitnehmen. Sie gefällt mir nicht. Ist alles ordnungsgemäß verpackt und frankiert. Ich will sie ja nicht überfordern."

Ja, wir Prime – Kunden wissen wie es geht.

Er hält mir einen Unterschriftenapparat unter die Nase.

„Hier unterschreiben", knurrt er. Anschließend schultert er mühsam das Fitnessgerät und wankt die Treppe hinunter.

Der Mensch ist sichtlich nicht gut in Form. „Umbringen...", höre ich ihn murmeln.

Später hänge ich das Bett an die Fensterbank, aber es ist irgendwie nicht meins. Zudem hat es neongrüne Extrakissen und keine in rosa.

Na gut, das war sowieso eine blöde Idee.

Ich logge mich also ein, wähle die Option: ‚Rücksendung von der Post abholen lassen'. Weil ich gerade auf der passenden Seite bin, bestelle ich

-einen Jogginganzug (blau),
- passende Joggingschuhe
- ein Laufband (pro Sport).

Am nächsten Morgen klingelt es zur gewohnten Zeit. Ich schaue wieder aus dem Fenster und sehe meinen Freund, den Postboten. „Aufzug immer noch kaputt", rufe ich ihm fröhlich zu und betätige den Türöffner kurz-kurz – lang. Bei lang kann er die Tür öffnen. Ohne Paket ist er schnell oben.

„Sehen sie, geht doch", sage ich. „Hier ist das Paket von gestern. Wo haben sie überhaupt mein neues Laufband? Ich hab's gestern bestellt, sie müssten es heute liefern."

„Weiß nicht, hier, Quittung", nuschelt der Briefträger. Er sieht mich dabei aus blutunterlaufenen Augen an. Anschließend stemmt er das Außenbett hoch und macht sich an den Abstieg.

Am nächsten Tag steht er wieder bepackt vor meiner Wohnungstür.

Begeistert öffne ich ihm.

„Das Paket ist mir zu schwer, können sie es bitte in die Wohnung bringen?", frage ich freundlich. Schließlich bestelle ich ihm jedes Jahr zu Weihnachten eine Tafel Schokolade mit, da kann er mir den Gefallen tun.

Er sieht das wohl auch so, denn er wuchtet das Paket hoch und trägt es in den Korridor.

„Wohin", keucht er.

Ich schaue mir die Sache genauer an, reiße die Rechnung vom Paket ab, studiere sie ausgiebig.

Es befindet sich offensichtlich nur das Laufband in dem Paket. So hebe ich warnend die Hand.

„Einen Moment mal. Wo ist mein blauer Jogginganzug. Also nein!"

Es ist eine Unverschämtheit den Anzug und die Schuhe nicht gleich mitzuliefern.

Streng mustere ich meinen gelben Freund. „Das können sie gleich wieder mitnehmen, es ist nicht komplett."

Er bleibt einen Augenblick ruhig stehen, dann hebt er mit erstaunlicher Kraft das Paket.

„Meine Mutter pflegte immer zu sagen: In die Hölle kommen wir noch früh genug, aber sie hat sich geirrt. Die Hölle ist hier und heute. Die Hölle, das seid ihr Homshopper."

Das sind die letzten Worte, die ich höre, bevor mir das ziemlich schwere Paket auf den Kopf donnert.

Robin Royhs

Kaffee mit Mama

Wie an jedem zweiten Sonntag im Monat traf sich Heinz auch heute mit seiner Mutter zu Kaffee und Kuchen in Mutters Stammcafé. Hierhin hatte Heinz sie schon begleitet, als er noch ein Kind war. Seit Jahrzehnten saßen sie an dem extra reservierten Tisch. Mutter mit dem Blick zum Fenster, Heinz ihr gegenüber. Nie schien sich hier etwas zu verändern.

Heute allerdings saß Tante Kiki auf seinem Stuhl. Seine Mutter winkte ihm gutgelaunt zu. „Schau, mein lieber Junge. Deine Tante ist auch hier. Sie will allerdings gleich gehen. Onkel Willi wartet zu Hause auf sie. Er kann ja nicht mehr so, der Arme."

Heinz setzte sich dazu. Ehe er den Mund aufmachen konnte, bestellte seine Mutter bereits für ihn. „Ein Kännchen Kaffee und ein Stück Buttercremetorte für meinen Sohn." Sie wandte sich ihm zu. „Buttercreme magst du doch so gern, mein Junge, nicht wahr." Ohne seine Antwort abzuwarten wandte sie sich ihrer Schwägerin zu. „Heinz war ein unglaublich dickes Kind. Wie es mir nur gelungen ist ihn auf die Welt zu bringen, ist mir bis heute schleierhaft. Was waren das nur für

Schmerzen! Damals gab es ja keine Schmerzmittel. Aber ich hätte so etwas niemals genommen, dem Kind zuliebe. Es war die Hölle, die reine Hölle. Aber das kannst du nicht beurteilen, Kiki. Du hast ja keine Kinder."

„Besser ist es", murmelte die Tante griesgrämig. Sie schien sich für das Thema nicht erwärmen zu können, was Heinz Mutter nicht bemerken wollte. Unbeirrt fuhr sie fort: „Ganz rosa war er, als er schließlich rauskam. Wie ein Ferkel. Was war der Heini doch für ein hässliches Kind. Ich habe einen gehörigen Schrecken bekommen." Hier maß sie ihren Sohn mit einem prüfenden Blick. „Ein Glück, es hat sich verwachsen."

Heinz richtete sich empört auf. „Mutter", sagte er. „Ich bin über 50 Jahre alt. Musst du die alten Kamellen immer noch herausholen?"

Tanke Kiki rührte energisch in ihrem Kaffee: „Heinz, du musst es akzeptieren. Deine Mutter hat dich unter Schmerzen geboren, das sind keine alten Kamellen, das ist eine Tatsache. Du solltest ihr auf ewig dankbar sein." Sie trank ihren Kaffee aus. „Jetzt muss ich aber los. Willi wartet sicher schon auf mich. Komm doch einmal mit deiner Mutter vorbei, lieber Junge." Sie fuhr Heinz über das spärliche Haupthaar und strebte dem Ausgang zu. Eine alte Tante weniger am Tisch.! Der liebe

Junge sah ihr erleichtert nach.

„Heini, du wirst auch immer dünner und blasser. Kocht sie nicht vernünftig?", hörte er die Frau, die ihn unter Schmerzen geboren hatte.

„Sie hat einen Namen, Mutter", erwiderte Heinz genervt. „Und sag nicht immer Heini zu mir", fügte er hinzu.

„Ich weiß, dass sie einen Namen hat. Und ich weiß, dass sie dich nicht verdient hat."

„Tatsächlich, das weißt du? Welche Frau hätte mich denn verdient? Nur mal aus Neugier."

Seine Mutter setzte sich kerzengerade hin. „Die Mutter ist die einzige Frau im Leben eines Sohnes. Jedenfalls sollte das so sein."

„Ach wirklich? Das hätte aber fatale Folgen auf die Erhaltung der Art..."

„Was redest du da für ein Zeug, Heini! Du klingst schon wieder so eingebildet!"

Heinz war empört. „Wie jetzt, eingebildet. Sag so was nicht. Und sag nicht immer Heini zu mir!!!"

Seine Mutter gönnte sich einen Schluck Kaffee, bevor sie antwortete. „Also das ist nicht von mir. Dass du eingebildet bist, hat eine gewisse Person neulich am Telefon gesagt. Er ist ganz schön eingebildet. Das hat sie gesagt, deine Frau."

„Das glaube ich nicht. Sicher hat sie etwas

anderes gemeint ..."

Seine Mutter unterbrach ihn genüsslich. „Sie sagt du bist eingebildet und du lässt den Klodeckel immer auf. Sag mal, puscht du etwa im Stehen?"

Heinz verschluckte sich an seinem Kaffee. „Also wirklich, Mutter. Es gibt Grenzen des guten Geschmacks."

„Junge", erklärte seine Mutter mit erhobenem Zeigefinger, „du solltest dir angewöhnen im sitzen zu puschen. Das ist eine Frage der guten Erziehung. Und habe ich dich nicht perfekt erzogen? Wie kannst du nur!"

„Wunderbar. Hat sie etwa noch mehr aus dem Nähkästchen geplaudert?"

„Nun, wo du es ansprichst. Sie hat so ganz nebenbei erzählt, dass du am Abend immer müde bist und dass du nicht mehr deinen Mann stehst. Wenn ich das mal so ausdrücken darf."

„Na hör mal, ich bin nicht mehr der Jüngste. Wen meint sie geheiratet zu haben? Casanova?"

„Schon gut mein Junge. Vielleicht kann ich helfen. Ich habe ein kleines Buch, das deinem Vater und mir sehr viel Freude bereitet hat." Seine Mutter kicherte verschämt. „Es ist das Buch Die Freuden der Ehe von Doktor Julius Mümmelmann. Wenn du es einmal haben möchtest. Alt genug dafür bist du ja."

Heinz holte tief Luft. „Das Buch habe ich schon mit zwölf gelesen. Ihr hättest es besser verstecken sollen."

Seine Mutter lächelte maliziös. „Tatsächlich? Dann solltest du aber wissen, wie es besser geht. Vielleicht solltest du dir das Buch doch noch einmal ausleihen. In deinem Alter kann man schon vergesslich werden."

„Mutter, ich will nicht darüber reden! Überhaupt geht dich das nichts an!"

Sie zuckte die Schultern. „Dann sollten wir das Thema beenden. Was du auch immer erzählst, Heini. Lass das bloß nicht deine Frau hören." Sie wandte sich an die Bedienung. „Herr Ober, zahlen bitte."

„Sehr wohl, Rechnung kommt gleich."

Die Mutter wandte sich verschwörerisch ihrem Sohn zu. „Der Ober ist ein Grieche. Er kommt aus Istanbul."

„Türke, Mutter. Istanbul liegt in der Türkei."

„Sagte ich dir bereits, dass du ziemlich eingebildet bist? Aber das meine nicht nur ich..."

Umweltschutz 1950

„Hätten Sie eine Tragetasche für mich", fragte die ältere Dame, die vor mir an der Supermarktkasse stand.

Die jugendlich aussehende Verkäuferin, welche sich krampfhaft bemühte ihre Kasse trotz der langen, künstlichen Fingernägel zu bedienen, schüttelte unwillig den Kopf. „Tragetaschen aus Plastik haben wir offiziell nicht mehr. Das ist doch soohoo schlecht für die Umwelt. Wissen Sie das denn nicht? Aber ich will mal nicht so sein." Sie zog eine Tragetasche unter ihrem Kassentisch hervor und ließ sie gönnerhaft auf die Ware der alten Dame fallen.

Diese schwieg einen Moment irritiert. „Es tut mir leid", sagte sie schließlich. „Ich habe sonst immer eine Einkaufstasche dabei. Ausgerechnet heute ... Jedenfalls vielen Dank."

Die Kassiererin hob die Augenbrauen. „Tja, das ist das Problem. Alte Leute ... ähm ... ich meine Menschen aus Ihrer Generation haben sich nie Gedanken um die Umwelt gemacht und wir müssen jetzt deshalb meeeega sensiiiiiibel damit umgehen."

Diese Aussage verschlug mir die Sprache, doch nicht der alten Dame. Sie richtete sich kerzengerade auf und war somit schätzungsweise einen Meter fünfundfünfzig groß. „Sie haben vollkommen Recht, Schätzchen", sagte sie bestimmt. „In meiner Generation hat man sich überhaupt keinen Kopf um den Umweltschutz gemacht. Das war irgendwie nicht erforderlich. Für den Einkauf benutzten wir Einkaufsnetze oder -taschen, so wie ich das in der Regel immer noch mache. Hatten wir die Tasche vergessen, so bekamen wir die Lebensmittel in eine stabile Papiertüte gepackt, die wir weiterverwendeten. Zum Beispiel als Schutz für Schulbücher. Die gab es nämlich kostenlos in der Schule. Wir haben sie pfleglich behandelt, denn sie wurden ja am Ende des Schuljahres wieder eingesammelt und neu verteilt. Die Milch kauften wir übrigens beim Milchbauern und hatten unsere eigene Milchkanne dafür. Wasser tranken wir aus der Leitung, Plastikflaschen gab es nicht und Getränkedosen waren Utopie. Glasflaschen wurden sowieso mehrmals verwendet.

Wir gingen meistens per pedes. Niemandem ist es eingefallen, ein Auto mit 150 PS dazu zu verwenden, um zum Einkaufen zu fahren. Ach ja, damals gingen auch unsere Kinder zu Fuß, sogar zur Schule. Wenn der Weg sehr weit war, so fuhren sie mit dem Fahrrad oder mit dem Bus. Einen Taxiservice der Mutter gab es nicht. Das war kein Wunder, denn längst nicht jede Familie war motorisiert. Sogar den Rasenmäher schoben wir manuell. Das machte kaum Lärm und war unser Fitnesstraining. Deshalb brauchten wir auch nicht in ein teures Studio, um uns dort auf elektrischen Laufbändern und Fahrrädern abzuquälen, um in Form zu bleiben.

Babywindeln wurden gewaschen und wiederverwendet, Einwegwindeln gab es nicht. Die Wäsche trockneten wir mit Wind- und Sonnenenergie im Garten. Stromfressende Wäschetrockner waren gänzlich unbekannt. Im ganzen Haus gab es ein einziges Radiogerät. Später war der Fernseher mit einem Bildschirm in Herrentaschentuchgröße unser ganzer Stolz. Hier versammelte sich die Familie am Wochenende und schaute gemeinsam das einzige Programm an.

In der Küche wurde richtig gekocht. Es gab keine Fertiggerichte und alles wurde per Hand geschnitten, geschält, geknetet. Und stellen Sie sich nur vor: Wir brauchten keinen im Orbit kreisenden Satelliten, um den nächsten Imbiss zu finden.

Aber wie ich Eingangs bereits erwähnte - über den Umweltschutz haben wir nicht weiter nachgedacht."

Hier verstummte die alte Dame, vermutlich, weil sie Luft holen musste.

Die junge Kassiererin war knallrot angelaufen. „Ja, also, das macht dann 23,94 Euro", stammelte sie fassungslos.

„Ich gebe Ihnen 54 Euro."

„Ja, Moment, 54 ... das sind dann ... ", die junge Frau tippte eifrig auf ihrer Tastatur herum. „Ja, genau, 30 Euro und 6 Cent zurück", erklärte sie und gab das Wechselgeld heraus.

Die Kundin hatte ihre Einkäufe bereits verpackt und steckte jetzt bedächtig das Wechselgeld in ihr Portemonnaie. „Eins muss ich noch loswerden", erklärte sie entschlossen. „Ich habe lange Zeit einen Laden betrieben. Einen ‚Tante Emma Laden', würden Sie wohl sagen. Und ich habe das Wechselgeld fabelhaft herausgeben können, ohne die elektronische Kasse zu befragen. Einen schönen Tag noch, junge Dame."

Sie wandte sich ab, zögerte dann und drehte sich zu mir um. „Es tut mir Leid, dass ich Sie nun so lange aufgehalten habe."

Ich lächelte sie an. „Das ist völlig in Ordnung. Sie hatten ja Recht mit dem, was sie gesagt haben."

„Ich weiß", lächelte sie reizend zurück.

Künstliche Intelligenz

Die Benzinanzeige signalisierte, dass ich mich jetzt sofort entscheiden müsse: entweder tanken oder schieben. Da ich ja nicht so der sportliche Typ bin, steuerte ich die nächste Tanke an.

Moderne Tankstelle, 10 Zapfsäulen, hell beleuchtet, Werbung für den Kaffee zwischendurch ...

Als ich, nachdem mir noch etwas Diesel vom Schuh tropfte (bin nicht immer so geschickt), in den Kassenraum kam und mich durch Kaugummi, Schokoriegel und Zeitschriften an die Kasse vorgearbeitet hatte, musste ich kurz warten. Ein junger Mann war vor mir, wurde aber noch nicht bedient, weil die Kassiererin mit dem Typen hinter der Kaffeetheke flirtete.

„Ähm ...“

„Bin schon für Sie da“, flötete die Kassiererin, „macht 35,- Euro. Zahlen Sie bar oder mit Karte?“

„Mit Karte!“, der junge Mann zeigte stolz seine neue Kreditkarte mit dem Aufdruck der Tankstellenkette, „damit gibt's 3% Rabatt auf jede Tankfüllung.“

Es dauerte noch einen Moment, bis der Kassiervorgang abgeschlossen war. Der junge Mann trat zur Seite und hielt weiter seine neue Kreditkarte hoch.

Während die Kassiererin jetzt anfing bei mir zu kassieren, hatte der junge Mann sich an den (Kaffee)Barmann gewendet.

„Jedes Mal jetzt 3% sparen", wedelte er seine Karte.

„Cool", der Barmann war wohl nicht so gesprächig.

„Tja, 3% auf 35,- Euro! Wie viel ist'n das jetzt?", der junge Mann grübelte laut.

„Weiß ich nicht", der Barmann runzelte die Stirn, und sah zur Kassiererin. „Kannst Du das ausrechnen?"

„Nee, kann ich auch nicht", seufzte sie mit einem kessen Augenaufschlag zum Barmann.

„Ich glaub', dass kann hier keiner rechnen ....", der Barmann gab's auf.

„Ham' sie denn kein Handy dabei? Sie könnten doch ..", hatte die Kassiererin einen guten Einfall.

„Ne, liegt im Auto", der junge Mann klang jetzt schon verzweifelt ...

„1 Euro 5" - - ich konnte mich nicht zurückhalten.

Schweigen.

Ich bemerkte, dass sich alle Augen auf mich richteten ...

Schweigen.

Ich nahm hastig meine Quittung, murmelte „Tschüs" und verlies mit schnellen Schritten das Kassengebäude.

In den nächsten Tagen werde ich verstärkt auf Litfaßsäulen, Schwarze Bretter und sonstige Aushänge achten.

Wahrscheinlich hat das Tankstellenteam mein Foto aus dem Überwachungsvideo kopiert und große Anzeigen gedruckt:

„Wer kennt dieses Individuum? Er ist ein Hexer – verbrennt ihn!!!!"

Angie Pfeiffer
Mindestens alle zwei Tage ...

Überrascht ließ Ramona die Zeitschrift sinken.

Sie hatte sich eine Auszeit gegönnt, weil die Kinder günstiger Weise mit ihren Großeltern im Zoo waren und weil sie heute Nachmittag frei hatte. Sie hatte sich gleich beim Heimkommen von den hohen Hacken und der beengenden Bürokleidung befreit, war in Joggingklamotten und Puschelsocken geschlüpft. Ein Gläschen Prosecco, ein paar süße Sünden und die neueste Ausgabe einer Hochglanz Klatschzeitschrift, damit wollte sie den Nachmittag genießen.

Und jetzt das!

Hier stand tatsächlich, dass das durchschnittliche deutsche Ehepaar alle zwei Tage Sex miteinander hatte. Nun, das traf auf ihre Ehe so gar nicht zu. Die Zeiten, in denen Stefan im Badezimmer über sie hergefallen war, wenn sie aus der Dusche kam, waren definitiv vorbei.

Überhaupt war das bisschen Sex, das sie miteinander hatten seit der Geburt der zwei Kinder einfallslos und ähnelte eher einer gymnastischen Pflichtübung. Waren sie also ein Problempaar? Ramona überlegte. Wie oft musste man wohl Liebe machen, um noch der Norm zu entsprechen? Ein - zwei Mal pro Woche? Von wegen! Laut dieser Statistik alle zwei Tage! War waren diese Leute überhaupt, die das von sich behaupteten? Waren die niemals müde oder lustlos? Oder waren ausschließlich kinderlose Paare unter dreißig befragt worden? Eins war klar, Kinder und andauernder Sex - das ging in einer Ehe eher nicht.

Wie sollte man die Leidenschaft aufrechterhalten, wenn man am Abend die Kinder gefüttert, gebadet, ins Bett gebracht hatte. Nicht wie das im Film vor sich ging, sondern in der Realität.

Dazu gehörte es die tägliche Mahlzeit zu kochen, für den Kleinen zu pürieren.

Den Großen zum Essen zu animieren, wenn er gerade keinen Spinat wollte und die Fischstäbchen verschmähte.

Gegebenenfalls Geschwisterstreit zu schlichten, Tränen zu trocknen.

Dann vertrocknete Breireste des Kleinen vom Boden aufzuputzen.

Den Großen anzumotzen, weil er das Dessert mit den Fingern aß und die Reste in die Hosentasche steckte.

Inzwischen grölte der Kleine fröhlich: „Hab' ich Stinker", musste also gewickelt werden. Der Große bestand darauf, sich allein bettfertig zu machen, wobei er mit der elektrischen Zahnbürste ‚wie Papa rasieren' spielte.

Nachdem sie, ganz geduldige Mutter, ihm die Zahnbürste in den Mund gesteckt und ihn vergeblich zum Pinkeln aufgefordert hatte, brachte sie die Kinder zu Bett.

Was bedeutete, dem Großen eine Geschichte vorzulesen, gute Nacht zu sagen, das Licht zu löschen und die Kinderzimmertür sacht zuzuziehen.

Vor der geschlossenen Tür holte sie tief Luft, denn so einfach war das Zubettgehen der Kinder meistens nicht.

Der Große wollte noch ein Küsschen, erklärte lautstark, dass er Pipi müsse. Der Kleine hatte Durst, bekam seine Trinkflasche mit Wasser, bemerkte dann, dass sein Kuschelteddy verschwunden war, während der Große darauf bestand, dass sie die fiesen Monster unter dem Bett verscheuchte - aber lieber solle das Papa machen. Worauf sie erklärte, dass Papa noch nicht zu Hause, weil schwer beschäftigt war.

„Mama, aber du bist nicht beschäftigt", kam es dann zurück.

„Klar nicht, ich putze gern Gemüse, stecke vollgemachte Windeln in stinkende Tüten, wische euren Dreck auf und räume jetzt gleich die Spülmaschine leer", hätte sie in solchen Augenblicken gern geantwortet, verkniff sich das aber lieber. Schließlich wollte sie nicht wie eine unbefriedigte Zickenmutter wirken, an die sich ihre Söhne später genau erinnern würden.

Endlich auf dem Sofa zappte sie sich durchs Fernsehprogramm, blieb meist bei einer geistentleerenden Sendung à la Dschungelcamp hängen.

Sie stellte sich nicht vor, wie zerzaust sie aussah, irgendwie war ihr das auch egal und nach heißem Sex stand ihr der Sinn so gar nicht.

Wie zur Hölle machten es also diese Paare, die es immerzu miteinander trieben? Jedenfalls jeden zweiten Tag. Dabei liebte sie ihren Stefan. Mit allen seinen Fehlern, seiner Unordnung, seiner Unfähigkeit, sich Termine zu merken, welche die Kinder angingen. Wo er doch alle Spieler der Bundesliga mit Vor- und Zunamen kannte.

Sie überlegte, dass sie vielleicht die Initiative ergreifen sollte. Ihm eine liebevolle und erotische Partnerin sein könnte.

Genau, sie würde es ihm heute Abend besorgen, es mit ihm treiben wie früher und anschließend erschöpft, nackt und ungewaschen in seinen Armen einschlafen. Schließlich waren sie immer noch jung und verrückt - jedenfalls relativ.

Sie griff zum Telefonhörer, wählte die Nummer ihrer besten Freundin.

„Du, ich hab' da gerade was gelesen. Sag, wie oft schläfst du mit deinem Mann", legte sie los, nachdem die Freundin sich gemeldet hatte.

Die räusperte sich umständlich. „Na ja, also, wenn du so fragst. Es ist nicht gerade Fifty Shades of Grey, aber regelmäßig schon. So ein - zwei Mal."

„In der Woche?"

„Ach was, im Monat. Du weißt, die Kinder ... und oft fühle ich mich nicht so ... und wie schaut's bei euch?"

„Das hört sich doch gut an. Bei uns ist das auch so", kicherte Ramona erleichtert, hörte ihre Freundin lachen.

„Ramona, du bist eine alberne Tussie. Übrigens: Ich habe da gerade ein dieser unsäglichen Frauenzeitschriften gelesen und etwas gelernt. Wusstest du, dass weibliche Frettchen sterben, wenn sie ein Jahr lang keinen Sex haben?"

Robin Royhs

Heute backe ich

„Du wirst dich sicher freuen."

Diese Bemerkung seiner Frau ließ Hermann aufhorchen. Misstrauisch beäugte er den vollgepackten Küchentisch. Was er sah, ließ eine leichte Panik in ihm aufsteigen.

„Pflaumen, Mehl, Eier, Zucker", murmelte er dumpf.

Dorothea strahlte ihn an. „Du ahnst es sicher. Ich backe heute einen schönen Pflaumenkuchen, nur für dich."

„Ähm, Liebes, das ist doch nicht nötig", stotterte Hermann. „Ich habe auch gar keinen Hunger."

Seine Frau gab ihm einen spielerischen Klaps auf den Arm. „Ach du. Immer bist du so besorgt, weil du meinst, dass ich zu viel mache. Aber für dich backe ich doch gern, mein Puschel."

Hermann zuckte zusammen. Er hasste es, wenn Dorothea ihn so nannte. Er beschloss noch einen letzten Versuch zu starten. „Liebes, es ist wirklich nicht nötig, dass du dir die Mühe machst."

Dorothea strich ihm liebevoll über die inzwischen schütteren grauen Haare. „Es ist keine Mühe und ehe du fragst, du brauchst mir nicht helfen. Setz dich gemütlich in den Garten und genieße die Sonne."

Seufzend ergab sich Hermann in sein Los. Er liebte seine Dorothea wirklich und das schon seit nunmehr 40 Jahren. Sie war eine tolle Frau, immer noch wunderschön. Zudem hatte sie einen grünen Daumen. Der Garten war einfach prachtvoll. Auch den Haushalt meisterte sie mit links. Aber sie war eine miserable Köchin! Auch damit hatte Hermann kein Problem. Er kochte und backte gern und gut. Seine Donauwellen waren im Familienkreis heiß begehrt. Doch ab und zu bekam Dorothea einen Rappel und dann bildete sie sich ein, ihn unbedingt kulinarisch verwöhnen zu müssen. In diesem Fall wollte sie also einen Kuchen backen.

Inzwischen hatte sich die Küche in ein Schlachtfeld verwandelt. Mitten drinnen stand seine Frau und strahlte. „Ich habe tatsächlich ein Rezept von meiner Mutter gefunden. Ihren Pflaumenkuchen hast du doch so gern gemocht."

Hermann konnte es nicht glauben. Daran erinnerte sie sich noch? Dabei hatte auch ihre Mutter nicht kochen können. Den Pflaumenkuchen hatte er immer über den grünen Klee gelobt, weil es der einzige Kuchen gewesen war, den Dorotheas Mutter einigermaßen hinbekommen hatte. Hermann startete noch einen allerletzten Versuch: „Liebes, wenn du mir das Rezept gibst, dann kann ich gern den Kuchen backen, wirklich ...", er verstummte, denn seine Frau musterte ihn düster, stemmte die Hände in die gut gepolsterten Hüften.

„Sag mal, du traust mir wohl nicht zu, einen simplen Kuchen zu backen, was? Nur, weil du mir das Backen abnimmst heißt das nicht, dass ich es nicht kann, mein Lieber."

Jetzt hieß es Gegenrudern. „Aber natürlich traue ich dir das zu. Ich dachte nur ..."

„Aber Puschel, was du denkst. Jetzt stör nicht weiter. Husch-husch, raus aus der Küche", erklärte Dorothea rigoros, während sie die passenden Handbewegungen machte.

Mit einem letzten misstrauischen Blick trollte sich Hermann. Er beschloss, sich der Steuererklärung zu widmen, das würde ihn bestimmt beruhigen.

Gerade hatte er sich in die Materie vertieft, da wurde die Tür zum Arbeitszimmer unsanft aufgestoßen.

Dorothea stand im Türrahmen. „Sag mal, haben wir keine gestifteten Mandeln im Haus?", fragte sie mit empörter Stimme. „So kann ich nicht backen! Alles muss ich mir zusammensuchen. Du scheinst keine Struktur in der Küche zu haben."

Hermann schloss für einen Moment die Augen und holte tief Luft. „Liebes", erklärte er mit mühsam sanfter Stimme. „So etwas kaufe ich immer erst, wenn ich es brauche."

„Ja gut, jetzt brauchen wir jedenfalls Mandelstifte. Sie stehen ausdrücklich im Rezept. Also kannst du losfahren und welche kaufen."

„Aber ich mache gerade unsere Steuererklärung."

Dorothea maß ihren Mann mit einem vernichtenden Blick. „Die kannst du auch später noch machen. Jetzt musst du erst einmal die Mandeln besorgen, wenn wir sie schon nicht vorrätig haben."

Hermann beschloss, zur Vorsicht noch eine Blutdrucktablette zu nehmen und das Gewünschte zu besorgen. „Brauchst du sonst noch etwas?", fragte er fürsorglich, bevor er sich auf den Weg machte.

„Nein, sonst ist alles da", war die zerstreute Antwort.

Als er wieder nach Hause kam, stellte er fest, dass sich das Chaos in der Küche tatsächlich vervielfacht hatte. „Donnerwetter", entfuhr es ihm, denn das hatte er nicht für möglich gehalten.

Dorothea stand mit roten Apfelbäckchen mitten drin und murmelte vor sich hin. „Teig ausrollen, mit den Pflaumen belegen, mit Mandelstiften bestreuen, ein Teiggitter herstellen", sie seufzte.

„Soll ich dir nicht doch helfen", fragte Hermann vorsichtig, was ihm wieder einen kühlen Blick einbrachte.

„Wenn du die Mandeln eingekauft hast, so ist das Hilfe genug. Geh jetzt lieber aus der Küche, du machst mich nervös. Von mir aus kannst du jetzt die Steuern weiter machen."

Hermann beschloss, sich lieber körperlich zu betätigen und den Rasen zu mähen. Das hatte er zwar in der letzten Woche schon getan, aber er hoffte, sich bei dieser Tätigkeit ein bisschen abregen zu können.

So mähte er ausgiebig, fuhr immer einmal wieder am Küchenfenster vorbei, jedoch ohne in den Raum zu schauen. Dafür hätte er das Rosenbeet abmähen müssen, das sich vor dem Fenster befand. Allerdings bemerkte er einen leichten Brandgeruch.

Schließlich war der Rasen raspelkurz gemäht, der Rasenmäher gereinigt und der Geräteschuppen aufgeräumt. Zögernd betrat er das Haus.

Dorothea erwartete ihn strahlend in der Küchentür. „Du kannst jetzt ein Stück Kuchen essen, wo du so viel gearbeitet hast, mein Lieber."

Zögernd folgte Hermann ihr in die Küche, wo ihn zu seinem Erstaunen eine saubere Küchenzeile anblitzte.

Auf dem Tisch stand ein Blech mit herrlich

duftendem Kuchen.

„Oh", mit einem Lächeln nahm er den Teller entgegen, auf den Dorothea bereits ein großes Stück Kuchen gelegt hatte. Vorsichtig kostete er, probierte noch einmal und aß genüsslich das Kuchenstück auf.

„Klasse, das schmeckt hervorragend, Liebes. Diesen Kuchen muss ich auch einmal backen."

Dorothea strahle ihn an. „Ich wusste doch, dass dir mein Kuchen schmeckt." Ihre Mine verdüsterte sich. „Aber das Rezept ist weg. Ich habe schon überall nachgesehen und kann es nirgends mehr finden."

Über Nacht gealtert?

„Mist, auch das noch", grantelte ich vor mich hin und knallte die Autotür fester als nötig zu. Ich hatte mich mit Anne, meiner besten Freundin, zu einem ausgedehnten Einkaufsbummel in der City verabredet, aber mein Auto schien dies verhindern zu wollen. Das sonst so zuverlässige Gefährt sprang einfach nicht an. Frustriert wählte ich Annes Nummer. „Es tut mir leid, Süße, mein Auto streikt. Ich fürchte der Anlasser ist kaputt. Was machen wir?"

„Ich bin schon in unserem Bistrot und habe gerade einen Cappuccino bestellt", kam die prompte Antwort. „Wenn du wartest, bis ich ausgetrunken habe, dann hole ich dich von zu Hause ab."

Anne war wirklich ein Schätzchen, stellte ich einmal mehr fest. Ich schüttelte den Kopf, obwohl meine Freundin das eher nicht sehen konnte. „Quatsch, das ist total lieb von dir, aber das musst du nicht machen. Bestell dir noch ein Stück Kuchen und ich komme einfach mit dem Bus. Wenn du mich nachher allerdings nach Hause fahren könntest, wäre das super."

So stand ich bald an der Bushaltestelle. Zum Glück ließ der Schnellbus nicht lange auf sich warten. Schon beim Einsteigen bemerkte ich, dass das Gefährt ziemlich voll war. Seufzend stellte ich mich darauf ein, die ganze Fahrt über stehen bleiben zu müssen. Der Bus fuhr ruckelnd an. Verflixt, ich hatte mich nicht richtig festgehalten und stolperte ein wenig auf den Sitz vor mir zu, auf dem ein jüngerer Mann herumlümmelte. Aufmerksam geworden schaute er mich von oben bis unten an, schien mein Alter abzuschätzen.

Aber was war das für ein Blick? Er schaute nicht voller Interesse, sondern eher ... also irgendwie ... an mir vorbei. Irritiert erwiderte ich den merkwürdigen Blick, versuchte ein leichtes Lächeln, das nicht zurückkam. Der Typ schaute immer noch unbestimmt an mir vorbei, runzelte die Stirn. Sein Blick hatte etwas Mitleidiges angenommen.

Ich warf einen prüfenden Blick in die spiegelnde Scheibe vor mir. Tatsächlich entdeckte ich ein - zwei Falten, die ich vorher noch nicht bemerkt hatte. War es möglich, über Nacht krass zu altern? Oder hatte ich gestern ein Glas Rotwein zu viel getrunken? Nein, daran konnte ich mich nicht erinnern.

Wieder glitt mein Blick zu dem jungen Mann, der anscheinend Anstalten machte aufzustehen, obwohl keine Haltestelle in Sicht war.

Oh nein, wollte er mir etwa seinen Platz anbieten? Hallo? Sah ich schon so gebrechlich aus? Was würde als nächstes kommen? Vor meinem geistigen Auge sah ich mich dunkelgraue Gesundheitsschuhe kaufen und Blutdrucktabletten einnehmen.

„Ja, ja, Herr Doktor, es ist alles nicht mehr so wie früher", hörte ich mich mit brüchiger Stimme lispeln, während der Doc bejahend nickte und mir ein weiteres Medikament gegen Osteoporose verschrieb. „Und immer schön zur Gymnastik mit dem Stuhl gehen, meine Liebe", gab er mir mit auf den Weg.

Ein energisches Knuffen in meinem Rücken holte mich abrupt aus dieser düsteren Vision. Irritiert drehte ich mich um. Eine kleine, faltige Oma hatte sich hinter mir aufgebaut.

„Machen Sie gefälligst Platz, junge Frau", wetterte sie, während sie ihren Stock, mit dem sie mich angeschubst hatte, wieder auf dem Boden abstellte. „Oder wollten Sie sich etwas auf den Platz setzen, den der nette junge Mann extra für mich frei gemacht hat? In ihrem Alter?", sagte sie entrüstet.

„Aber nein, auf keinen Fall", stammelte ich erfreut. „Ich kann sehr gut stehen."

Anne schaute mich prüfend an, als ich in das Bistrot schwebte. „Dafür, dass dein Wagen nicht angesprungen ist hast du aber verdammt gute Laune", grinste sie.

„Yep, habe ich und jetzt lass uns direkt mal das nächste Schuhgeschäft stürmen", strahlte ich sie an. „Ich brauche unbedingt ein Paar Highheels in knall rot."

Das Salz in der Suppe

„Du weißt, warum ich anrufe", sagt Annerose. Klar weiß ich das, versuche aber, den Kelch durch vorgetäuschte Unwissenheit an mir vorüberziehen zu lassen. „Na ja", sage ich also. „Wir sind Freundinnen und telefonieren deshalb öfter miteinander."

„Ja, schon", antwortet Anne. Irgendwie klingt das leicht gekränkt. Ich gebe auf. „Natürlich rufst du wegen deines Geburtstags an. Ich wollte dich nur auf den Arm nehmen", rufe ich betont munter in den Hörer.

„Dann ist es ja gut. Ich dachte schon du hättest mich vergessen. Was hältst du also von einem zünftigen Mädelabend?"

„Du weißt, dass ich dafür immer zu haben bin. Wo treffen wir uns? Ich wüsste ein wirklich schnuckeliges Lokal. Das ist bisher noch ein Geheimtipp ...", ich gebe alles, um dem drohenden Verhängnis zu entgehen und weiß doch, dass es sinnlos ist.

Meine Freundin atmet hörbar ein. „Dahin

können wir auch ein anderes Mal gehen. Wenn ich Geburtstag habe, will ich euch verwöhnen. Natürlich koche ich für euch. Das gehört sich so!" Dafür, dass Anne so oft über ihre Mutter schimpft, hat sie sich eine Menge Phrasen der alten Dame angeeignet.

„Wann soll es losgehen", frage ich mit einem resignierten Seufzer. Ich bringe es einfach nicht fertig, Anne zu sagen, dass sie die schlechteste Köchin westlich Moskaus ist. Schließlich ist sie meine älteste und beste Freundin.

‚Mädelabend', denke ich amüsiert, während ich meine Jacke an Annes Garderobe aufhänge. Das ist ein netter Name für die Zusammenkunft von uns Ü50 Damen.

Im Esszimmer sitzen bereits die Schwestern Gabi und Gilla. Auf die beiden passt die Beschreibung ‚Mädel' schon eher. Sie sind immer stylisch hipp gekleidet. Ihr Äußeres variiert einzig designermäßig, je nach Jahreszeit und manchmal nach der Stimmung. Heute sind beide in orange, gelb, pink und schlüpferblau gekleidet. Das schrille Outfit lässt auf einen lustigen Abend schließen.

„Toll seht ihr aus", sage ich und drücke Anne einmal kräftig. „Alles, alles Liebe zum Geburtstag, Schätzchen."

„Danke!" Sie nimmt mir die mitgebrachte

Champagnerflasche ab. „Die lege ich gleich mal auf Eis. Wir haben schon auf dich gewartet. Dann kann es ja losgehen. Als Vorspeise gibt es Tomaten und Mozzarella."

Während Anne die Vorspeise holt, zwinkert Gilla verschwörerisch. Alle drei denken wir das Gleiche. Alles ist im grünen Bereich, bei der Vorspeise kann unser Geburtstagskind nichts falsch machen.

„Ich hätte gern das Salz", sagt Gabi vorsichtig. Anne mustert sie streng. „Du hast noch gar nicht probiert, übrigens ist Salz ungesund. Das weiß doch jeder."

„Und du als Apothekerin weißt das ganz besonders", fügt Gabi hinzu und bedient sich beim Salz. „Ich habe keinen zu hohem Blutdruck."

„Aber für dein Herz ist das auch nicht gut." Anne gibt nicht auf, beruhigt sich aber schnell wieder und hebt ihr Rotweinglas. „Auf uns. Schön, dass ihr gekommen seid."

„Ich habe bloß schon mal den Salzstreuer gesichert", flüstert Gabi, während Anne in die Küche schwebt, um dem Hauptgericht den letzten Schliff zu geben.

„Das hast du fein gemacht. Besser ist es", grinst ihre Schwester, während ich versuche nicht auch noch zu lästern. Aber eigentlich haben die beiden ja Recht.

Nach einer Weile stellt Anne eine Schüssel und einen großen Teller auf den Tisch. „Putenbrust, Gnocchi mit Käse überbacken", stellt sie stolz ihre Kochkreationen vor. „Mensch, das sieht ja klasse aus", ruft Gilla leicht erstaunt. Das ist in der Tat wahr. Es sieht superlecker aus, aber es riecht irgendwie merkwürdig.

Gabi reagiert prompt. „Für mich bitte erst einmal ein Löffel. Ich habe schon so viel von der Vorspeise genommen." Das ist die Übertreibung des Jahres. Auch ihre Schwester lässt mich schmählich in Stich. „Ich muss im Moment arg auf meine Taille achten", heuchelt sie.

Prompt häuft Anne mir die doppelte Portion auf den Teller, mir fällt nämlich keine Ausrede ein. Ich probiere, seufze dann leise, aber ergeben. Das Essen ist wie erwartet. Das Fleisch ist komplett ungewürzt und jeweils mit einem traurigen, angebräunten Basilikumblatt belegt. Wenigstens gibt der Käse den Gnocchis etwas Geschmack. Dafür verströmt die Mischung den eigenartigen Geruch. Er erinnert mich entfernt an ungewaschene Socken.

Alle Drei salzen wir drauflos, aber das bringt uns auch nicht viel weiter. Gewürze sollten halt beim Kochvorgang einbezogen werden, sonst bringt es nichts. Ich kämpfe mich durch das Geburtstagsessen, doch irgendwann geht gar nichts mehr. Gabi und Gilla stochern auf ihren Tellern herum, schieben das Essen hin und her. Schließlich merkt selbst Anne etwas. „Was ist los?", fragt sie irritiert. „Schmeckt es euch denn gar nicht. Ich habe den ganzen Nachmittag in der Küche gestanden", fügt sie hinzu. Ich lege ihr beschwichtigend die Hand auf den Arm. „Klar ..." Weiter komme ich nicht. „Nein", erklingt es wie aus einem Mund von den Schwestern, was mich dazu veranlasst Schadensbegrenzung zu betreiben. „Klar hätte dem Fleisch etwas mehr Gewürz nicht geschadet. Aber sonst, ich bin einfach satt!" Annes empörter Blick lässt mich verstummen. „Hör schon auf. Ich habe, glaube ich, das Salz vergessen. Und der Käse auf den Gnocchis hatte von Anfang an einen ziemlich komischen Geruch. Ich dachte, dass euch das nicht auffällt", grinst sie zu meiner Erleichterung.

„Ohne Gewürze, vor allem ohne Salz, schmeckt es einfach nicht", sagt Gabi und mit einem Augenzwinkern fügt ihre Schwester hinzu: „Auch wenn du eine miserable Köchin bist, so bist du doch eine tolle Freundin."

„Eben, im nächsten Jahr schenken wir dir ein Geburtstagsessen. Keine Widerrede. Jetzt lass uns den Champagner köpfen", gebe ich meinen Senf dazu. Anne klimpert kokett mit den Wimpern. „Ja was, mögt ihr denn kein Dessert. Wo ich dafür den ganzen Nachmittag in der Küche gestanden habe."

„Was gibt es denn", fragt Gabi vorsichtig.

„Eis mit frischen Erdbeeren, die passen auch fabelhaft zum Champagner. Aber es ist alles völlig salzlos."

„Eis geht immer", grinse ich und denke: ‚Wahrheit ist schon wichtig, so wie Salz in der Suppe, aber zu viel davon kann ganz schön schädlich sein.'

Meine naive Freundin Anne

„Du kommst gerade richtig, das Frühstück ist fertig!"

Schuldbewusst setze ich mich an den gedeckten Tisch. Meine Mitbewohnerin und beste Freundin hat ihn wie immer hübsch gedeckt. Soll ich es ihr jetzt sofort sagen? Oder warte ich bis nach dem Frühstück? Oder sage ich einfach gar nichts? Annerose schaut mich prüfend an. „Alles klar mit dir? War wohl gestern ein Glas Wein zu viel, was? Iss mal was, dann geht es dir besser."

Verflixt! Ihre Fürsorglichkeit macht es mir nicht leichter. Ich greife zu einem Brötchen, schneide es auf, konzentriere mich auf diese Handlung. „War nicht schlecht, die Party gestern, was", sage ich betont unschuldig.

„Yep, coole Typen."

„Sebastian war auch da ..."

„Sebastian???" Sie setzt sich auf, drückt die Schultern nach hinten. Ich schaue auf ihren puscheligen Schlafanzug, den lauter aufgedruckten Kätzchen schmücken, und nicke. „Ja - ha. Sebastian, dein Ex."

Sie legt langsam das Messer hin.

„Wir haben geredet, auch über dich."

Mist - warum habe ich das jetzt gesagt? Ganz schön blöd falsche Hoffnungen bei ihr zu wecken. Ist wohl das schlechte Gewissen. Schnell rühre ich in meiner Kaffeetasse herum. Schaue zu, wie die Milch darin verwirbelt, den Kaffee schließlich hellbraun färbt.

Sie steht auf, geht zum Fenster. „Warum hast du gestern nichts gesagt? Ich habe gar nicht mitbekommen, dass er da war."

„Ach, er war nicht lange auf der Party. Ich wollte dir die Laune nicht verderben, wo du so süß mit dem blonden Typen geflirtet hast. Macht das einen Unterschied?

„Ja, nein, keine Ahnung. Wieso redet der über mich und dann noch mit dir?"

Ich bestreiche mein Brötchen mit Honig und beiße erst einmal ab, kaue gründlich. Eigentlich haben wir ganz schnell nicht mehr über sie geredet. Genau genommen haben wir irgendwann sehr wenig geredet, hatten andere Prioritäten. Aber das sage ich jetzt ganz bestimmt nicht. Sie setzt sich wieder, gießt sich neuen Kaffee ein, ihrer ist kalt geworden.

„Liebst du ihn noch sehr?", frage ich, obwohl ich nicht weiß, ob ich das wirklich wissen will. Ich schaue auf ein rosa Kätzchen, das ungefähr in Brusthöhe auf ihrem Schlafanzug prangt.

Sie sagt lange Zeit gar nichts. Ich traue mich nicht ihr in die Augen zu sehen, sondern mache mir noch ein Brötchen fertig, obwohl ich gar keinen Appetit mehr habe. Mal ehrlich - so viel hatte ich gestern gar nicht getrunken. Eigentlich habe ich ihn angesprochen, weil ich wissen wollte, was an ihm so besonders ist. Jetzt weiß ich es. Und obwohl mir klar war, dass es ihm nur um das Eine ging, hatte ich eine Menge Spaß mit ihm. Er ist der Typ Mann, den frau nicht zu nah an sich herankommen lassen sollte. Gerade meine süße, liebe, naive Freundin Annerose ist ihm sicher nicht gewachsen.

Plötzlich langt sie über den Tisch, nimmt meine Hand. „Alles klar", sagt sie. „Er ist ein Mistkerl, aber ein talentierten. Mach dir keine Gedanken, alles ist gut." Dabei grinst sie mich total frech an.

Ich glaube so naiv ist meine beste Freundin gar nicht ...

Robin Royhs

Das sagt Ihr Mann, Madame

Man kann es nicht anders formulieren. Wirklich adelig war Monika von Fiebach-Loiper nicht, denn ihr Vater war ein einfacher, wenn auch musikbegabter Briefträger gewesen. Doch durch die Heirat mit Bernd-Eduard durfte sich Monika eine Freifrau nennen.

Die von Fiebach-Loiper gehörten zu einem alten pommerischen Geschlecht. Gutsherren waren sie allesamt gewesen, aber das war schon eine Weile her. Bernd-Eduards Vorfahren hatten das riesige Gut bewirtschaftet, besser gesagt bewirtschaften lassen. Zum Kriegsende war Alois-Eisenhardt von Fiebach-Loiper in den Westen geflohen. Das Gut wurde zum sozialistischen Allgemeingut erklärt und diente verschiedenen Zwecken. Nach der Wende meldete Bernd-Eduard als letzter Spross der Familie Fiebach-Loiper seine Ansprüche auf das Gut an und bekam es, dank seines nicht unbeträchtlichen Einflusses an höher Stelle, tatsächlich zurück.

Inzwischen hatte der Adelssprss das Anwesen an eine Hotelkette verkauft. Das ehemalige Gutshaus wurde zu einem komfortablen Hotel mit allem Pipapo umgebaut.

Bernd-Eduard und seine Frau lebten nun in

einem umgebauten Bauernhaus, das Monika mit viel Enthusiasmus hatte sanieren und baulich verändern lassen.

Ansonsten wirkte sie als Leien Schauspielerin bei der pommerschen Freiluftbühne mit und versuchte sich in Unternehmensberatung, beides äußerst talent- und erfolglos.

Bernd-Eduard war das Recht. Das Geld aus dem Verkauf des Gutes hatte er gewinnbringend angelegt und so konnte er seiner Angetrauten fast jeden Wunsch erfüllen.

Natürlich verstand er, dass Monika unbedingt Personal brauchte. Eine Haushälterin war schnell gefunden.

Iris war eine tüchtige Person, die sich für nichts zu schade war. Während Monika den verschiedensten Aktivitäten, wie dem Golfen oder dem Besuch der angesagtesten Wellnessoasen nachging, erledigte Iris alle anfallenden Arbeiten.

Sie war eben fleißig und das in jeder Hinsicht.

Eines Morgens, Iris war bereits seit über zwei Jahren bei den Fiebach-Loipers beschäftigt, suchte die Perle das Gespräch mit der Freifrau:

„Madame, auf ein Wort."

„Ja, was haben Sie denn auf dem Herzen, meine Liebe? Wollen sie einen Nachmittag frei haben? Das ließe sich vielleicht machen", erklärte Monika großherzig.

„Nein, Madame. Es ist etwas anderes. Ich wollte sie um eine Gehaltserhöhung bitten."

„Wie bitte? Ich denke, Sie bekommen den Mindestlohn! Also können Sie sich doch wohl nicht beschweren!"

„Etwas mehr habe ich schon verdient."

Monika verschlug es für einen Moment die Sprache. Das impertinente Ding stellte tatsächlich Forderungen.

„So, so, verdient ... erläutern Sie mir das etwas genauer?"

„Zunächst einmal kann ich viel besser kochen als Sie, Madame."

„Wer sagt das?", fragte Monika verblüfft.

„Der gnädige Herr sagt das, Madame."

„Ja spinnt der denn? Ich koche doch nie! Wie kann er das also behaupten?"

„Aber er sagt auch, dass ich seine Oberhemden besser bügele", merkte Iris an.

Dass der gnädige Herr dieses gesagt hatte, als er sich in Iris Kammer des Hemdes und der Hose entledigt hatte, verschwieg die rührige Perle.

„Das wird mir jetzt aber alles zu blöd. Aufgrund dieser dummen Aussagen meines offensichtlich verwirrten Gatten werde ich Ihren Lohn bestimmt nicht erhöhen."

Diese Worte unterstrich Monika mit einer

Handbewegung, als würde ein lästiges Insekt davonscheuchen.

„Im Übrigen bin ich besser im Bett als Sie, Madame", sagte Iris mit einem kleinen Knicks.

Monika schnappte nach Luft. „Und das hat auch mein Mann behauptet, oder was?"

„Nein, Madame, das sagt der Graf Johann von Wolffradt-Enckefort, der ja der beste Freund Ihres Mannes ist ..."

Stille,

totale Stille.

Schließlich ein Hüsteln.

„An welchen Betrag dachten Sie, Iris?"

SOS im Schlafzimmer

Meine Frau hat einen mächtigen Hang zur Sauberkeit. Das äußert sich unter anderem darin, dass sie sofort nach dem Urlaub die Waschmaschine in Betrieb zu setzen. Alle Einwände werden im Keim erstickt.

"Nun hab dich mal nicht so! Wenigstens eine Maschine mache ich fertig", erklärt sie, egal wie spät es ist und egal wie müde wir sind.

Jüngst, gegen Mitternacht aus dem Kurzurlaub zurück, wurde erst einmal die Wäsche sortiert, um anschließend – siehe oben -. Da ich dererlei gewohnt bin, ließ ich mich nicht stören. Während sie noch herumwuselte begab ich mich zu Bett.

Ein animalischer Laut ließ mich hochschrecken. Benommen setzte ich mich auf. Um mich herum Dunkelheit, ein leises Gluckern, dann wieder das Geräusch. Ein hohes Wimmern und Jaulen, so als wäre ein Lebwesen in höchster Not. Benommen tastete ich nach meiner Brille, betätigte den Lichtschalter, stieg aus dem Bett und stand bis zu den Knöcheln im Wasser. Während ich mir irritiert den Kopf kratzte, sah ich, woher die Jammerlaute kamen. Unsere Hunde,

Dackel, standen mitten im Schlafzimmertür und machten einen sehr verstörten Eindruck, was kein Wunder war. Das Wasser reichte ihnen bis zum Bauch, sie konnten mit den ersten Schwimmübungen beginnen.

Die Urheberin der Sintflut schlummerte sanft, ließ sich weder von den Paniklauten der Tiere, noch vom grellen Licht stören. Ich rüttelte sie fest und wenig charmant wach, was mir einen sehr bösen Blick und ein nicht sehr nettes Wort einbrachte. Doch die Flut im Schlafzimmer ließ meine Liebste aprupt verstummen. "Du meine Güte", hauchte sie überwältigt. "Ich habe die Waschmaschine angestellt und bin dann tatsächlich eingeschlafen. Aber jetzt ist sie aus!"

Nun, das war einmal eine klare und logische Ansage von ihr. So machten wir uns daran die Dackel zu retten und die Wohnung trocken zu legen, was uns zweieinhalb Stunden unserer Lebenszeit kostete.

Endlich waren der Fußboden, die Hunde und wir wieder trocken. Es dämmerte bereits, wir lagen zusammengekuschelt im Bett, meine Liebste strich mir zärtlich über die Brust. "Ich möchte...", wisperte sie zögernd.

"Ich bin ganz Ohr", flüsterte ich zurück. Sicher würde sie mir jetzt sagen, dass sie ...

"Ja, also", fuhr sie fort und strich mir über den Bauch. "Es ist nämlich so, ich habe dich vor längerer Zeit gebeten, das Flusensieb sauber zu machen. Weil man das ab und zu einfach machen muss, bei einer Waschmaschine." Hier stockte sie, zog die Hand weg und ich sah meine Felle mit der Waschlauge davonschwimmen. "Das hast du aber nicht gemacht, es ist schrecklich mit dir, nie denkst du an solche Dinge. Ich möchte, dass du das änderst."

Ich seufzte resigniert, denn ich ahnte was jetzt kommen würde und ich wurde nicht enttäuscht.

"Hättest du das bloß vor dem Urlaub gemacht, du hast allein Schuld. Ich musste das Sieb herausnehmen und hab das verflixte Ding nicht mehr reinbekommen. Da habe ich es weggelegt ..."

Ich verschloss ihre Lippen mit einem Kuss, denn sie ist trotz allem die beste Ehefrau von allen und mit ihr ist es wirklich niemals langweilig.

Angie Pfeiffer
Schluckspecht & Schnapsdrossel

An einem Samstagvormittag beschlossen Alan und ich einen Einkaufsbummel zu machen. „Alles gesichert?", fragte meine bessere Hälfte, als wir im Auto saßen.

„Alles gesichert", antwortete ich. „Die Zimmertüren sind zu, die Hunde schlafen friedlich im Korridor."

Als wir nach dem Shoppen Hause kamen erwartete uns ein ungewohntes Bild. Während Murphy, der Dackelrüde, in seinem Körbchen auf dem Rücken lag und lauthals schnarchte, saß Jeany, die Dackeline, mitten im Korridor und schien Mühe zu haben, die Balance zu halten. Ihr linker Mundwinkel hing herunter, vom linken Auge war nur ein Schlitz zu sehen. Der Hund schien nur darauf gewartet zu haben, dass wir nach Hause kamen, denn mit einem merkwürdigen Quiekton brach er vor mir zusammen.

„Schatz, ich glaube der Hund hat einen Schlaganfall. Wir müssen sofort mit ihm zum Tierarzt. Vielleicht ist er noch zu retten", rief ich in heller Panik und wies auf die, jetzt zuckend am Boden liegende Hündin.

„Du hast Recht." Auch Alan schien stark beunruhigt zu sein. So packten wir Jeany auf den Rücksitz und fuhren los.

Wir hatten Glück. Der Tierdoktor war gerade beim Mittagessen, ließ aber seine Mahlzeit stehen, um sich den Schlaganfallpatienten anzusehen.

Inzwischen schien Jeany ins Koma gefallen zu sein, denn sie zuckte nur noch ab und zu, hatte ansonsten keine Reflexe mehr, atmete aber wenigstens. Der Tierarzt untersuchte sie gründlich, während ich mir verzweifelt auf die Fingerknöchel biss. Schließlich wandte er sich uns zu. „Dieser Hund hat keinen Schlaganfall", konstatierte er. „Ich vermute etwas ganz anderes. Habt ihr Hund freien Zugang zu Alkohol?"

„Ähm, ich verstehe nicht", ich konnte mir auf diese Bemerkung keinen Reim machen. „Wie meinen sie das?"

„Nun ja, ihr Dackel ist sternhagelvoll. Sie sollten ihn sich richtig ausschlafen lassen. Dann ist er morgen so gut wie neu."

Alan schüttelte den Kopf. „Woher sollen die Dackel den Alkohol haben? Obwohl - Murphy liegt merkwürdig verdreht in seinem Körbchen und schnarcht, dass die Wände wackeln. Möglicherweise ist er auch betrunken."

Der Tierarzt nickte. „Murphy ist jünger als Jeany, er kann den Alkohol besser vertragen. Während er einfach eingeschlafen ist, hat die Hündin Probleme damit, die Dosis zu verarbeiten. Es kann natürlich auch sein, dass sie einfach mehr getrunken hat."

Ich musste kichern, denn vor meinem inneren Auge spulte sich ein Film ab:

Ich sah unsere Dackel auf dem Sofa lümmeln, eine Flasche von Alans Whisky und zwei Gläser zwischen sich auf dem Tisch. Murphy, Alans coole Sonnenbrille auf der Nase, schenkte ein und hieb der Hündin anschließend auf die Schulter. „Komm schon, altes Mädchen, sie sind weg. Lass uns einen drauf machen", raunte er mit einer tiefen Gangsterstimme.

Jeany schnaubte zustimmen durch die Nase. „Aber nur ein Schlöööckchen, in meinem Alter muss ich vorsichtig sein, wegen der Leber."

Alan schaute streng über seinen Brillenrand. „Das ist wirklich nicht lustig und noch einmal: Wie in Gottes Namen sind die Hunde an den Alkohol gekommen." Es war ihm anzusehen, dass er sich Sorgen um seine Whiskybestände machte. Ich wiegte belustigt den Kopf. „Vielleicht haben die Zwei einen geheimen Vorrat irgendwo in der Ecke, von dem du nichts ahnst, mein Lieber."

Der Tierarzt unterbrach unsere Konversation. „Das werden sie sicher zu Hause klären können. Jedenfalls ist dieser Hund nicht krank, er muss einfach seinen Rausch ausschlafen. Wenn sie gestatten, so würde ich jetzt gerne zu Ende essen. Meine Rechnung schicke ich ihnen zu." Er hielt uns die Tür auf und komplementierte uns und die tierische Schnapsleiche so aus der Praxis.

Wieder zu Hause angekommen legte meine bessere Hälfte Jeany sacht in ihr Körbchen. Murphy wachte auf, blinzelte uns benommen an, hob kurz den Kopf, ließ ihn aber schnell wieder sinken. Offenbar hatte er Kopfschmerzen.

„Recht geschieht dir, du oller Säufer", schimpfte ich. „Jetzt muss ich erst einmal nachsehen, was ihr angestellt habt."

Ich musste nicht lange suchen, denn die Wohnzimmertür stand sperrangelweit auf. Hier erwartete uns des Rätsels Lösung:

Alan und ich mögen ganz gern diese kleinen, mit einer Kirsche und Weinbrand gefüllten Pralinen in der roten Verpackung. Eine Schale voll damit hatte auf dem Wohnzimmertisch gestanden. Nun war von der süßen Versuchung nichts mehr vorhanden. Erstaunlicherweise fehlte auch der größte Teil des Papiers, in das die Pralinen eingewickelt waren. Die Schale lag umgekippt auf dem jetzt ziemlich klebrigen Wohnzimmertisch, von einigen roten Papierfetzen umrahmt. Offensichtlich hatten unsere Dackel das Wohnzimmer gekapert und sich über unseren Pralinenvorrat hergemacht. Kein Wunder, dass die beiden sturzbetrunken waren.

„Oh je", seufzte ich. „Das wird einen ordentlichen Durchfall geben."

Alan zuckte mit den Schultern. „Da müssen wir oder besser die Hunde durch. Sei froh, dass den beiden nicht schlecht geworden ist, bei so viel Schokolade und vor allem; bei so viel Weinbrand. Wenigstens wissen wir jetzt, wie die Tiere an den Alkohol gekommen sind." Ich verpasste ihm einen sanften Ellenbogencheck. „Du bist bloß erleichtert, weil du um deinen Whisky gebangt hast, das kannst du ruhig zugeben." Meine bessere Hälfte grinste mich an. „Eben und deshalb werde ich mir jetzt einen kleinen Drink genehmigen, auf den Schreck."

Die Dackel erholten sich ziemlich schnell von ihrer Pralinenschlacht und ich achtete in Zukunft darauf, sie von jeglichem Alkohol fernzuhalten.

Allerdings gelang es Jeany, der Schnapsdrossel, noch einmal, sich einen Rausch zu verpassen, indem sie in Marillenlikör vom Boden aufleckte. Die Flasche war mir aus der Hand gerutscht und zerbrochen. Zwar zog ich den Hund weg, doch hatte er so schnell wie möglich so viel wie möglich aufgeschleckt.

Zufrieden wackelte Jeany in ihr Körbchen, wühlte sich in ihre Decke und war bald selig eingeschlafen.

Als ich, inzwischen vertraut mit dem Thema Hunde und Alkohol, nach einiger Zeit nach ihr schaute, stand ihr eines Schlappohr fast senkrecht vom Kopf ab.

Ich ließ den Hund in Ruhe seinen Rausch ausschlafen. Irgendwann hing das Ohr wieder in seiner natürlichen Stellung, was mich sehr beruhigte.

Am nächsten Tag war Jeany ziemlich missgelaunt, trabte beim Gassi gehen nur unwillig hinter mir her und knurrte bei jeder Gelegenheit den arglosen Murphy an.

Ob der Hund wohl einen Kater hatte?

Eitelkeit

„Ach, du bist ja immer noch mein Hübscher!"

Wie durch Watte drangen diese Worte in meinen Schlaf und ein Lächeln kam auf meine Lippen.

„... mein kleiner Gentleman .... "

Jetzt war ich wach, hielt die Augen aber geschlossen und atmete ruhig weiter.

„... und eigentlich immer sooo lieb ... "

Na ja, aber mit dir hab' ich schon mein Glück gefunden, meine Hübsche, ging es mir durch den Kopf.

„... auch wenn du schon ganz schön grau geworden bist ... "

Tja, die Zeit bleibt halt nicht stehen! Aber ich könnte mir noch stundenlang deine netten Worte anhören!

„... nur hinten am Kopf werden die Haare schon sichtlich dünner ... "

Also, bitte! So schlimm ist das doch wohl nicht!

„Wenn du nur nicht immer so'n Dreck machen würdest ... "

Meine Augen gingen schlagartig auf, ich setzte mich im Bett hoch und drehte mich zur Seite.

„... und sabber nicht immer so, wenn ich dich streichele!"

Meine Frau lag neben mir, zur Bettkante gedreht, eine Hand aus dem Bett
- - - - und streichelte unseren Dackel, der sich ins Schlafzimmer geschlichen hatte ...

Angie Pfeiffer

Schlechte Hormone

„Sie haben schlechte Hormone", sagte meine Gynäkologin und sah mich streng über ihren Brillenrand hinweg an.

„Wie bitte", stammelte ich, während sich vor meinem inneren Auge Horrorvisionen abspulten.

Ich sah mich, wie ich meine Hormone in die Biotonne warf, weil sie nicht mehr gut, also ziemlich vergammelt waren. Oder gehören sie eher in den gelben Sack? Hormone sind ja irgendwie künstlich oder so.

„Nun", sagte Frau Doktor beschwichtigend, denn sie musste meinen irren Blick bemerkt haben. „Das Klimakterium ist heutzutage kein Problem. Ich gebe ihnen ein Präparat mit. Benutzen Sie dieses Hormongel. Monatlich verschreibe ich zusätzlich eine große Packung Antidepressiva und schon ist alles wieder gut."

Zu Hause angekommen setzte ich sofort den Laptop in Betrieb und wühlte mich durch die einschlägige Literatur zu Thema.

Ratgeber gibt es wirklich genug, wie ich schnell feststellte.

Meist teilen hippe Agerinnen der Welt mit, dass es täglich neue Chancen für Frauen mit schlechten Hormonen gibt. Schwitzen, ach was. Endlich wieder luftige Kleidung tragen! Ein Formtief, kein Thema. Dank Yogaübungen für den Beckenboden hebt sie dieser und zusätzlich auch die Laune!

Das half alles nicht weiter, jedenfalls nicht mir. So vertiefte ich mich in die angesagte Zeitschrift für die reife Frau. Artikel mit der Überschrift:

‚Haarausfall, endlich kein Intimwaxing mehr‘ oder ‚Das neue Fünfzig ist das alte Fünfunddreißig‘ ließen mich erschauern.

Nachdem ich den Beitrag ‚Mit Hyaluron aufgepeppte Schamlippen‘ neben dem Bericht ‚Mode pur - die etwas andere Handtasche‘ fand, legte ich auch die Zeitschrift ad acta. Das kam mir alles irgendwie unrealistisch vor.

Es klang wie der Standard Beruhigungssatz für Schwangere: „Nach der Geburt hast du alle Schmerzen vergessen.“

Von wegen! Meine Mutter erinnert sich nicht mehr an meinen Namen, aber den Geburtsschmerz, den ich ihr bereite habe, hat sie jederzeit parat.

Also beschloss ich, den Bleistifttest (sie wissen schon) nicht mehr durchzuführen. Mal ehrlich, wer braucht schon Möpse, wenn sie sich auf einem Selbstfindungstrip gen Erdboden befinden!

Auch den Ganzkörperspiegel mied ich, achtete aber verstärkt auf Nasenhaare, um sie gegebenenfalls auszuzupfen.

Auch entdeckte ich ein neues Laster: Trash-TV. Filmchen, in denen botoxgestählte Blondinen Sätze wie: ,Nicht die Hochzeit, die Scheidung muss sich lohnen', raunen. Erstaunt stellte ich fest, was ich nie bemerkt hatte: Es gibt im deutschen (und wahrscheinlich auch im internationalen) Fernsehgeschäft keine reife Frau, die älter aussieht, als Heidi Klump. Sei's drum – es gibt im deutschen Fernsehen genug Starts und Sternchen im mittleren Alter, die uns zeigen wie man äußerlich konserviert wie weiland die tote Nofretete und innerlich schwer verbittert sein kann.

Es machte Klick, denn wer will schon so sein - und so aussehen? Also ging ich einfach weiter zum Sport, zog meine morgendlichen Joggingrunden durch den Park und gönnte mir mein abendliches Gläschen Rotwein.

Nach und nach entdeckte ich die positiven Seiten des Hormonverfalls. Das Flirten zum Beispiel ist wesentlich weniger strapaziös. Nie wieder auf himmelhohen High Heels die Shakira auf der Tanzfläche machen. Lieber auf Mister Lover-Lover verzichten und einen netten Typen lieb anlächeln.

Glaubt mir, Mädels, das wirkt super. Kein

Strip in Lack und Leder ist angesagt oder Verrenkungen an der Stange. Lieber Streicheleinheiten und mal schauen was sich ergibt.

Mit dem Eintritt ins weise Alter weiß rau, was sie will. Keinen Tennissockenträger mit Hängebäuchen, auch keinen verheirateten Lover mit wenig Zeit wegen ‚Mutti und die Kinderchen' und sicher keinen Typen, der zwar gut im Bett aber doof im Kopf ist.

Übrigens: Ich warte mit Vorfreude auf einen dieser Anrufe in denen es heißt:

‚Hallo hier ist Guido Dingens. Frau P. ich gratuliere. Sie haben gewonnen.'

Ich werde mit zitternder Stimme antworten:

‚Wissen sie, junger Mann. In meinem Alter bracht man nichts, man stirbt sowieso bald. Lassen sie uns lieber über Gott reden.'

Und dann lache ich mich kaputt ...

Robin Royhs

Technik 1960

„Hey, machst du jetzt einen auf halbstark?",
grinste Heidrun breit, wobei ihr fast das
Kaugummi aus dem Mund gefallen wäre.
Unbehaglich stellte Ottfried das Transistorradio, das er lässig auf der Schulter trug, auf
dem kleinen Jägerzaun ab und fuhr sich mit
der Hand über die Tolle, die er mit ‚Fit' in
Form gebracht hatte. Jeder, der auf sich hielt,
frisierte sich die Haare wie Elvis. Jedenfalls
jeder, der einem Mädchen gefallen wollte.
Er zuckte betont gelangweilt die Schultern.
„Mist, Batterien sind gerade leer geworden",
erklärte er.
Scharfe Braut, dachte er und musterte
Heidrun möglichst unauffällig. Die enge Jeans
ließ erahnen, dass sie endlos lange Beine und
einen knackigen, kleinen Po hatte. Die obersten Knöpfe ihrer Hemdbluse standen offen,
was Ottfried wohlwollend auf ihren Busen
schielen ließ.
„Guck nicht so!" Heidrun schien bemerkt zu
haben, wohin er schaute und näselte an ihrem Ausschnitt, wobei sich noch ein Knopf
öffnete. Sie schien es nicht zu sehen, denn sie
machte keine Anstalten ihn zu schließen.
„Steht dir echt gut, das fette Radio, auch ohne

Mucke", erklärte sie und klimperte mit den Wimpern.

„Du siehst auch toll aus", erklärte Ottfried und wies auf die Stoffblume, die in ihrem Haar steckte. Eigentlich fand er sie etwas kitschig, aber das sagte er lieber nicht. Heidrun strahlte. „Flower Power ist das. Das trägt man jetzt." Sie nahm das Kaugummi aus dem Mund und klebte es an den Jägerzaun.

„Hey, Fräulein, was ist das für ein flegelhaftes Benehmen und du nimmst gefälligst das Radio von meinem Zaun, junger Mann", ertönte es plötzlich.

Ottfried und Heidrun zuckten zusammen. Sie hatten den Besitzer der Stimme gar nicht wahrgenommen. „Kaugummi an den Zaun kleben, wo gibt es denn so etwas", nörgelte Opa Küdde weiter. „Ein Benehmen hat die Jugend von heute."

„Das ist Wrigley's Spearmint, aus Amerika und nicht einfach Kaugummi!", klärte Heidrun den altmodischen Rentner auf.

„Ist mir wurscht, wie das Zeug heißt", grummelte Opa Küdde und fuchtelte mit dem Rechen herum, mit dem er seinen Vorgarten bearbeitet hatte. „Es hat jedenfalls nichts an meinem Jägerzaun zu suchen. Mach das ab, aber schmeiß es nicht auf die Erde, sonst klebt es nachher an meinem Schuh fest, wenn ich rausgehe."

Heidrun seufzte, nahm ein neues Kaugummi aus der Verpackung, steckte es in den Mund und popelte das angeklebte Kaugummi von Zaun.

„Sehen Sie, ich mach's ja schon ab und wickle es hier ein. Zu Hause schmeiße ich es dann weg."

Opa Küdde nickte und sah direkt freundlicher aus. „Das ist brav, so wie es sich für Nachbarskinder gehört." Er musterte Ottfried interessiert. „Sag mal, Öttchen, was schleppst du da mit dir herum?"

Während Heidrun leise kicherte, zuckte Ottfried zusammen. „Ich heiße Ottfried, bitte sagen Sie nicht diesen kindischen Namen. Das ist mein Transistorradio. Da kriege ich jede Menge Sender rein. Ich nehme immer die neuesten Songs auf, mit Mikrofon. Das habe ich nämlich auch. Aber jetzt haben die Batterien gerade schlapp gemacht."

„Tatsächlich?", fragte Opa Küdde interessiert. „Das ist natürlich dumm. Ohne Strom geht es eben nicht."

„Batterien und nicht Strom", warf Heidrun ein.

„Aber Batterien sind ja so eine Art Stromspeicher", belehrte Ottfried sie und legte ihr vorsichtig die Hand auf den Arm.

„Dein Freund hat recht", lächelte Opa Küdde und öffnete das Gartentor. „Wollt ihr nicht einen Augenblick reinkommen. Ihr könnt euch auf die Gartenbank setzen. Vielleicht habe ich passende Batterien, ich muss mal nachsehen."

„Er ist nicht mein Freund", erklärte Heidrun energisch, während sie sich auf die Gartenbank setzte.

Ottfried folgte ihr. Er setzte sich direkt neben sie. Opa Küdde verschwand im Haus und kam tatsächlich kurz darauf mit den richtigen Batterien wieder heraus. „Da, kannst du gleich einsetzen und mir die Alten geben, die schmeiße ich dann in die Tonne."

Ottfried griff erfreut zu. Batterien waren teuer und saßen nicht immer von Taschengeld drin.

Der alte Herr schaute ihm interessiert zu. „Eigentlich ist dein Radioempfänger schon fast eine Antiquität. Ich habe mich gerade in der letzten Zeit mit der Materie beschäftigt und denke, dass die technische Entwicklung rasend schnell weitergehen wird. Vielleicht erlebe ich es nicht mehr, aber ihr bestimmt. In Zukunft wird es möglich sein, große Mengen an Daten, auch Musik, zu speichern. Dabei wird das Gerät nicht größer als ein Füllfederhalter sein, weil die Bauteile sehr klein sein werden. Da kann man einen kleinen Kopfhörer anschließen und schon hat man Musik so viel man will."

Die Jugendlichen sahen sich an und Heidrun tippte sich vorsichtig an die Stirn.

So ein Quatsch, dachte auch Ottfried. Die Röhren in den Geräten sind von den viel kleineren Transistoren ersetzt worden. Noch kleinere Teile - wie soll das denn gehen?

Inzwischen fuhr Opa Küdde weiter fort. „Es wird jede Menge Fernsehprogramme geben und ich meine nicht zehn oder zwanzig. Nein, hunderte werden es sein. Alle in Farbe. Genau, in Farbe", fügte er noch einmal hinzu und schaute versonnen in den blauen Himmel.

„Das fehlt mir auch noch. Bei uns zu Hause muss ich sowieso immer aufstehen um den Fernseher leiser zu machen. Wenn es jetzt hundert verschiedene Sender gibt ...", murmelte Heidrun.

Opa Küdde grinste sie an. „Kein Problem. Natürlich gibt es dann eine Fernbedienung für jedes Fernsehgerät. Das funktioniert mit einer Lichtübertragung. Man kann bequem von Sessel aus umschalten und das Gerät laut oder leiser machen." Er schaute auf seine Taschenuhr und stand umständlich auf. „Jetzt müsst ihr aber gehen. Um zwanzig Uhr fängt die Tagesschau an, die will ich nicht versäumen."

Ottfried saß im Sessel und schaltete den Fernseher aus. Während er die Fernbedienung auf den Tisch legte, schaute er versonnen auf seine Frau.

„Weißt du noch? Damals, als du das Kaugummi bei Opa Küdde an den Zaun geklebt hast? Als er uns in seinen Garten geholt hat, wegen der Batterien für mein Radio?"

„Oh ja", lächelte Heidrun. „Gut, dass er nicht gesehen hat, dass ich das Kaugummi bei Reingehen einfach vor seinem Gartentor fallen gelassen habe. Sonst hätte er uns bestimmt nicht erzählt, dass er in die Zukunft schauen konnte."

Navi

Dienstag Morgen – 4:45
Der Wecker hatte mich schon vor einer Stunde aus dem Bett geworfen. Jetzt hatte ich grad' den Koffer und meine Aktenmappe ins Auto geschmissen und mich mit einem langen süßen Kuss von meiner Frau verabschiedet (die Dackel hatten den frühen Lärm mit Missachtung und demonstrativem Schnarchen kommentiert). Den Becher dampfenden Kaffee in der Hand und ab ins Auto. Auf nach Düsseldorf – in zweieinhalb Stunden ging mein Flug nach Mailand.

Landung Milano Malpensa – jetzt schnell den Leihwagen.
Zusatzversicherung? Nein! Upgrade? Nein!
Navi? Nein, hab' mein eigenes dabei!!
Heut' Nachmittag noch einem Termin mit Roberto in Milano, am Mittwoch zwei Termine in Robassomero (bei Turin), Donnerstag in Bologna, Freitag Morgen noch kurz in Brendola vorbei schau'n und dann ab nach Hause.
So gut – so geplant.
Mein Flug nach Hause am Freitag ging um 17:40.

Mario, mein Geschäftspartner in Brendola war gut drauf wie immer... „Hey Alan, lass uns gleich noch einen Bissen essen ....“

Mario wollte also noch unbedingt (auf meine Kosten) mit mir am Freitag zum Mittag essen, ok.

Gegen 11:45 waren wir im Restaurant – und italienischen Gepflogenheiten zu Folge dauerte es schon seine Zeit, bis Primero, Secundo, Wein, Kaffee und der bei Mario übliche Grappa serviert waren. Ich zahlte die Rechnung (zum Glück mit der Firmen Kreditkarte) und verabschiedete mich so rasch wie möglich von Mario.

Es war fast 2:00 Uhr – zum Flugplatz braucht's eigentlich 1:30 bis 1:45 Stunden. Doch es war Freitag. Und so sah's auch aus. Die Autobahn war voll ... Das Navi überschlug sich mit alternativen Routen, um den verschiedenen Staus zu entgehen. Ich wurde nervös, nervöser, noch nervöser ....

Mailand Malpensa ... der Flughafen schien nicht mehr erreichbar...

16:55 – Ankunft!

Noch 45 Minuten – Auto abgeben, Einchecken, ab nach Hause!

Möglich???

Versuchen!!!

Navi aus dem Auto gerissen, in den Akten-trolly und im Laufschritt zum Einchecken.

„... Sie sind aber spät – müsste aber noch klappen ..."

Puh, eingecheckt bin ich, jetzt über die Fast-Lane durch die Security ...

Hab' ich das Navi eigentlich ausgeschaltet??? Keine Ahnung! Egal!!

Last Call for .... ja, ja, ich beeil mich ja ....

Ich lass mich einfach nur in den Sitz fallen – den Aktentrolly hab' ich noch in die Ablage gekriegt. Die Treibwerke heulen bereits ... Augen zu und ab nach Düsseldorf!

„Meine Damen und Herren, willkommen in Düsseldorf ...."

Mein Gott, ich hab' tatsächlich den ganzen Flug verschlafen. Na ja, was soll's... Der Air-bus rollt in seine Parkposition und die Triebwerke werden ausgeschaltet.

Alle machen sich bereit, stehen auf, öffnen die Gepäckfächer - - - -

und aus meinem Trolly kommt die Stimme meines Navis:

„Wenn möglich, bitte wenden".........

Angie Pfeiffer

Die Prüfung

„Du hast gut Reden, du hast deine Prüfung ja auch schon bestanden!" Manu fixierte ihre Freundin verzweifelt. Kirsten behielt die Ruhe. „Ach was, das machst du schon, da habe ich keine Zweifel!"

Die beiden standen im Flur der Berufsfachschule. Während Kirsten ihre mündliche Prüfung zur Bürokauffrau am Vortag absolviert hatte, wartete Manu jetzt darauf, vor den Prüfungsausschuss gerufen zu werden. Während sie bei der schriftlichen Prüfung noch guter Dinge gewesen war, wurde Manuela immer nervöser, je näher der mündliche Termin rückte.

Nachts wälzte sie sich im Bett hin und her. Schlief sie schließlich ein, so träumte sie davon, dass lauter Monster mit riesigen Fangzähnen und ekeligen Tentakeln im Prüfungsausschuss saßen, die darauf warteten, sich auf sie zu stürzen, wenn sie die Fragen nicht einwandfrei beantworten konnte. Meistens kam sie ins Stottern ... die Monster setzten über den Tisch. An dieser Stelle wachte sie immer schweißgebadet auf. Auch ihr Appetit ließ zu wünschen übrig, sie wurde immer dünner und durchscheinender. Sowieso nicht

mit einer übermäßigen Körpergröße geseg-
net sah sie jetzt aus wie ein magersüchtiges
Kind.

Heute Morgen hatte sie mit Entsetzen festgestellt, dass die vor einigen Wochen extra für
diesen Tag gekaufte bürotaugliche Kleidung
viel zu groß geworden war. Besonders der
Blazer schlotterte und schlabberte zum Gott-
erbarmen. Entsprechend waren die Bemer-
kungen der anderen Prüflinge ausgefallen.
„Hey, Manu, ist diese Jacke von deinem Papa
oder vom Opa ausgeliehen?"

„Blödsinn, die habe ich von Tante Berta, als
Glücksbringer!" Manu tat cool, obwohl ihr die
Knie zitterten.

Jetzt stand sie also mit ihrer Freundin im
Flur vor dem Prüfungsraum und sah aus, als
ob sie auf ihre Exekution wartete. „Wenigstens habe ich noch richtig gebüffelt!", sprach
sie sich selbst Mut zu. „Der Lehrer hat mir ja
netterweise gesagt, dass ich speziell in BWL
geprüft werde!" Kirsten schaute ihre Freundin zweifelnd an. „Na, wenn das mal so ist!
Aber es wird schon. Ehrlich, die Prüfung ist
halb so wild."

Die Tür des entsprechenden Raumes öffnete
sich und die abgefertigten Prüflinge kamen
durchweg freudestrahlend heraus. Ihnen
folgte ein streng blickender, glatzköpfiger
Herr. Er ließ seinen Blick über die teilweise

gelassenen, teilweise wie Manu bibbernden Wartenden gleiten. „Frau Kindler? Bitte folgen sie mir."

Manu warf ihrer Freundin einen letzten verzweifelten Blick zu und folgte der Aufforderung.

Der Mensch, der eine frappierende Ähnlichkeit mit einem mittelalterlichen Henkersknecht hatte, führte sie in den Raum, in dem vier weitere, ziemlich gemein aussehende Prüfer an einem langen Tisch saßen. Gegenüber stand ein Schreibtisch, hinter dem Manu Platz nahm. Sie fühlte sich wie in ihrem Albtraum und hätte sich nicht gewundert, wenn die Prüfer allesamt lange Tentakel ausgefahren hätten, um sie zu packen. „Frau Kindler, sie werden besonders was das Rechnungswesen anbetrifft geprüft", verkündete der Glatzkopf.

„Aber", Manu hatte das Gefühl sich übergeben zu müssen und schluckte krampfhaft. Das war schlimmer als ihr Albtraum, denn offensichtlich hatte der Lehrer ihr eine Fehlinformation gegeben. Sie hatte nächtelang für das falsche Fach, nämlich Betriebswirtschaftslehre gelernt. Rechnungswesen, Buchführung, das waren während der Ausbildung immer ihre Schwachpunkte gewesen. Sie würde niemals bestehen, das wusste sie jetzt schon. Plötzlich wurde sie ganz ruhig. „Also, dann fangen wir mal an", der Henkersknecht verlor keine Zeit, um sie in ihr ganz persönliches Waterloo zu führen.

„Und? Wie war es? Alles klar mit dir?" Kirsten musterte ihre Freundin besorgt. „Wenn ich es nicht besser wüsste, würde ich meinen du bist völlig bekifft ...

„Gute Idee, ich brauche jetzt ne Zigarette. Meinst du ich kann hier rauchen?" Kirsten verlor die Geduld. „Nun sag schon! Wie war es? Hast du bestanden? Lass das, du darfst hier drinnen nicht rauchen!" Manu hatte sich in aller Seelenruhe eine Zigarette angesteckt.

„Ist doch egal, ich bin sowieso durchgefallen. Die Prüfungsfragen waren fast alle aus dem Bereich Rechnungswesen."

„Und die hast du nicht beantworten können?"

„Das weiß ich nicht, ich weiß überhaupt nicht mehr so richtig, was ich gesagt habe! Jedenfalls habe ich diese Prüfung versiebt! Ich soll hier draußen warten, aber eigentlich kann ich schon gehen!" Manu hegte keine Zweifel an ihrem Versagen. Ehe sie ihre Absicht in die Tat umsetzen konnte, öffnete sich die Tür des Prüfungszimmers und der Glatzkopf kam heraus. „Frau Kindler, ich muss sie tadeln, sie..."

„Ja, ja ich weiß, ich hab's vermasselt." Glatzi

musterte diesen seltsamen Prüfling verwundert. „Nein, aber sie dürfen hier nicht rauchen. Was ihre Prüfung anbelangt, so haben sie bestanden! Herzlichen Glückwunsch." Er steckte Manu die Hand entgegen, um ihr zu gratulieren, doch zum Shake-Hands kam es nicht mehr. Sie kippte mit einem lauten Knall nach hinten weg.

„... um Gottes willen, das ist ja noch nie passiert ...Frau Kindler... hallo..." Langsam kam Manu wieder zu sich. Der Prüfer mit dem schütteren Haar kniete neben ihr und wedelte ihr Luft zu. Er schien völlig außer sich zu sein. Auch Kirsten saß erschrocken neben ihr. „Mensch, Manu, hast du mir einen Schrecken eingejagt. Geht's wieder?"

Langsam setzte Manu sich auf. „Klar geht's", grinste sie. „Schließlich habe ich eine super Prüfung abgelegt und das war gar nicht so schwer!"

Robin Royhs

Floristenglück

Viola schaute auf die Uhr. Nur noch eine Viertelstunde bis zum Feierabend, es wurde also Zeit, um die richtige Auswahl zu treffen. Sollte es wieder bunt werden, oder lieber etwas gedeckter, fragte sie sich. Jetzt, im frühen Sommer hatte sie genügend Auswahl. Sie träumte von einer Hochzeit im August, wenn die Natur mit bunten Farben wucherte. Der Gedanke ließ sie verträumt lächeln.

Bald würde er ihr einen Antrag machen. Ganz romantisch, da war sie sicher. So, wie er am letzten Muttertag die roten Rosen für seine Mutter gekauft hatte. Als er sie in Empfang genommen hatte, zog er eine besonders schöne Rose wieder aus dem Strauß und überreichte sie Viola. Obwohl ihr das Blumengeschäft gehörte, sie den Strauß gerade selbst gebunden hatte, rührte sie diese Geste und sie verliebte sich auf der Stelle in ihn.

Sie rief sich zur Ordnung, denn es wurde Zeit sich zu entscheiden. Dieses Mal sollte das Arrangement rosa werden. Routiniert packte sie alles zusammen, was sie brauchte und schloss den Laden ab.

Am Zielort angekommen parkte sie den kleinen Transporter mit dem leuchtend bunten Verweis auf ihren Laden am Straßenrand und hielt Ausschau nach seinem Auto. Zu ihrer Erleichterung sah sie, dass es auf dem gewohnten Parkplatz stand. Natürlich fuhr er einen Mercedes, etwas anderes hatte sie auch nicht von ihm erwartet.

Ehe sie sich ans Werk machte, schaute sie sich noch einmal gewissenhaft um, ließ auch den Blick über die Häuserfront schweifen. Sein Küchenfenster stand einen Spalt breit offen, er schien damit beschäftigt zu sein, sich das Abendessen zuzubereiten. Im Moment schien jeder beschäftigt zu sein, denn es war weit und breit kein Mensch zu sehen.

Sie hatte bisher immer gewartet, bis es dunkel war, doch heute war das nicht nötig. Es würde schnell gehen.

Sie machte sich ans Werk. Als sie fertig war und einen Schritt zurücktrat, um alles noch einmal in Augenschein zu nehmen, hörte sie einen Hund bellen. Der Mann am anderen Ende der Leine stürmte auf sie zu, brüllte unverständliches. Was wollte der Fremde von ihr? Was ging es ihn an, wenn sie das Auto ihres Liebsten schmückte? Sie spurtete zu ihrem Lieferwagen und gab Gas.

Gleich nachdem sie am nächsten Morgen den

Laden geöffnet hatte, schrieb Viola eine SMS. „Ich liebe dich. Hast du meine Überraschung an deinem Auto schon gesehen? Dieses Mal ist es etwas ganz Besonderes."

Die Türglocke schlug an, ein Mann betrat den Laden, der sie von oben bis unten musterte. „Keine Chance, mein Lieber. Ich bin schon vergeben", dachte Viola und lächelte den Kunden an. „Kann ich etwas für Sie tun?"

Der Mann ballte die Fäuste. „Ich denke ja. In den letzten 14 Tagen habe ich mein Auto am Morgen mit Blumen behängt vorgefunden. Das war ärgerlich, weil ich das ganze Grünzeug vor dem Losfahren entfernen musste. Ich bin in der letzten Woche deshalb immer eine Viertelstunde früher zum Auto gegangen. Mal abgesehen davon, dass meine Frau mich mit Fragen bombardiert hat. Als ich gestern von meiner Abendrunde mit dem Hund zurückkam, habe ich mein Auto nicht mit Blumen geschmückt vorgefunden, sondern..."

An dieser Stelle unterbrach Viola den Fremden. „Was geht mich das an? Ich kenne Sie nicht. Was fahren sie überhaupt für einen Wagen?"

Er schwieg einen Moment verblüfft, bevor er losbrüllte: „Verdammt noch mal, ich fahre einen Mercedes. Den habe ich vor 14 Tagen von meinem Nachbarn gekauft. Ich habe gestern Abend gesehen, dass Sie ihn mit Farbe besprüht haben und anschließend mit ihrem Firmenwagen weggefahren sind. Ich liebe Dich für immer steht jetzt auf der Motorhaube. Das ist an sich schon ärgerlich genug, aber meine Frau hat mir mit der Scheidung gedroht, weil ich offensichtlich ein Verhältnis mit einer Verrückten habe", er hielt schwer atmend inne.

Viola war wie betäubt, merkte erst jetzt, dass ihr Handy klingelte, nahm den Anruf entgegen.

Ihr Liebster war am Apparat. „Zum tausendsten Mal, ich liebe dich nicht. Was immer du anstellst, es wird nichts ändern. Lass mich endlich in Ruhe, sonst werde ich dich anzeigen."

Viola sackte in sich zusammen, das Telefon fiel ihr in den Eimer mit den Grünabfällen. „Du wirst schon noch kapieren, dass du mich liebst", flüsterte sie, bevor sie in Ohnmacht fiel.

Angie Pfeiffer

Trau dich

Meine beste Freundin hat einen Sohn. Aber nicht irgendeinen. Nein, es ist ein Kind, um das sie allseits beneidet wird. Eines jener seltenen Exemplare, denen Worte wie „Guten Tag" und „Auf Wiedersehen", „Danke" und „Bitte" geläufig sind. Keines dieser AK's, die ihrer Umwelt tierisch auf den Wecker gehen. Die johlend versuchen meine Katze mit dem Roller zu überfahren, einem die Zunge rausstrecken und an der Kasse einen Schreikrampf bekommen, weil die Eltern keine Überraschungseier kaufen. Nein, der Sohn meiner Freundin ist ein netter, sympathischer und höflicher Junge, den man einfach gern haben muss.

Neulich war ich bei eben dieser Freundin zu einem Weiberabend. Ihr wisst schon, so ein Abend mit ohne Männern, einem leckeren Rotwein, Gesprächen über guten Sex, das Leben an sich und mit lustigen Männerwitzen. Auf dem Weg zum Bad kam ich am Kinderzimmer vorbei. Die Tür stand einen Spalt weit offen, da saß dieses Prachtexemplar von Kind, starrte auf den Fernseher, wo Jennifer Lawrence gerade einen Pfeil in die Kuppel schoss und diese explodierte. „Cooler Film, den mag ich total", rief ich dem Jungen zu, worauf er mich düster anschaute.

„Ich werde gemobbt. In der Schule. Kinder sind so gemein", murmelte er etwas zusammenhanglos.

„Okay, ich bin gleich wieder da." Ich hatte wohl etwas zu viel Wasser zum Wein getrunken, es ließ sich beim besten Willen nicht weiter aufschieben.

„So, jetzt noch mal von vorne", erklärte ich wenig später und setzte mich neben ihn. „Du wirst also gemobbt? Weiß deine Mutter das?" Er nickte. „Sie kann auch nichts machen, sonst wird es noch schlimmer. Am Liebsten würde ich gar nicht mehr zur Schule gehen. Ich bin schon mal in der Pause abgehauen." Fast hätte ich teilnahmsvoll seinen Kopf getätschelt, ließ das aber lieber sein. „Ach, mir ist das früher auch so gegangen. Damals hieß das aber noch hänseln."

„Echt?" Er musterte mich ungläubig.

„Ja klar. In meiner Klasse gab es eine Eva-Lotta, die war unheimlich dick und stark. Sie hat mich ganz schön gepiesakt. Sie hat mir vors Schienbein getreten und mir Haare ausgerissen. Einmal hat sie mich so doll geschupst, dass ich mir das Handgelenk verstaucht habe. Die anderen Kinder haben das witzig gefunden und sich auf meine Kosten lustig gemacht."

„Und hat das mal aufgehört?", wollte er wissen.

„Na ja, schon", antwortete ich nachdenklich. „Keine Sorge, spätestens wenn du eine Ausbildung machst, wirst du die Schwachmaten los. Wenn du dann etwas pfiffig bist, kannst du zuschauen, wie andere sich zum Deppen machen lassen."

„Das ist aber noch ziemlich lange hin. Kann ich nicht jetzt schon was gegen die Schwachmaten machen?", fragte er hoffnungsvoll. Scheinbar hielt er mich für eine Expertin auf dem Mobbinggebiet.

Einen Augenblick lang dachte ich daran, eine Blasenschwäche vorzutäuschen und mich im Badzimmer einzuschließen. Aber dafür war es nun auch zu spät.

Gleichzeitig überkam mich eine sagenhafte Wut. Darüber, dass die mobbenden Kotzbrocken fast immer bei den Lehrern durchkommen, dass die AK's sich toll vorkommen, während der kleine Kerl hier niedergeschlagen den Kopf hängen ließ.

Doch was sollte ich sagen? Dass sich das auswachsen würde, wenn er nur lange genug durchhielt? Dass er sich möglichst unsichtbar machen sollte? Ratschläge von Gehänselt an Gemobbt? Nein, das würde ich nicht.

„Deine Lehrer haben dir bestimmt gesagt, dass du nicht zurückhauen und ihnen sagen

sollst, wenn dich einer ärgert, stimmt's?",
fragte ich nachdenklich.

Er ließ enttäuscht den Kopf hängen und nickte. Wenn das möglich gewesen wäre, dann wäre ich noch wütender geworden. Tausend Dinge gingen mir durch den Kopf. Natürlich will niemand ein Kind, das andere mobbt oder gar schlägt. Aber wie soll ein Kind, das ständig Opfer ist sich wehren? Sollte dieser nette Junge weiterhin Angst davor haben zur Schule zu gehen?

„Schluss mit dem biologisch abbaubare, politisch korrekte Erziehungsmüll", entfuhr es mir, was mir einen ratlosen Blick einbrachte. „Was ich meine ist: hau einfach zurück. Trau dich."

Das war zwar ein böses Foul gegen die liberal softige Schulpolitik, aber das erschien mir gerechtfertigt. „Es gibt immer einen Anführer. Er wird nicht damit rechnen, dass du dich wehrst, denn das hast du bis jetzt nicht gemacht. Eva-Lotta hat mir einmal zu viel gegen das Schienbein getreten, da habe ich eine solche Wut gekriegt. Ich habe volle Pulle zurückgetreten und dann habe ich sie an den Haaren gezogen, richtig doll und gekratzt habe ich auch. Sie ist heulend nach Hause gerannt. Eigentlich bin ich nicht stolz darauf, aber es hat gewirkt. Sie hat mich von dem Tag an in Ruhe gelassen."

Er nickte nachdenklich. „Vielleicht versuche ich das auch mal. Schlimmer kann es eh nicht werden."

Vier Wochen später, Kaffeetrinken mit meiner Freundin. Sie strahlt mich an.
„Stell dir bloß vor, letztens musste ich beim Klassenlehrer meines Sohnes strammstehen. Er hat in der großen Pause einem Jungen ziemlich heftig vor das Schienbein getreten. Das war der Bengel, der ihn seit Monaten gemobbt hat. Das geht natürlich nicht, das habe ich ihm auch erklärt. Aber weißt du was, seitdem hat er Ruhe. Ach ja, er hat mir etwas für dich mitgegeben. Du hast ihn wohl bei deinem letzten Besuch stark beeindruckt."
Sie wühlte in ihrer Handtasche, förderte ein Blatt aus einem Zeichenblock zutage. Langsam faltete ich es auseinander.
Von einem roten Herz eingerahmt stand ein einziger Satz darauf:
„Ich hab's gemacht, danke."

Übrigens: AK = Arschloch Kind

Vom Jet-Boot fahren und Fliegen

Der Unternehmerberater bellte seine Worte hinaus, sodass sie in Fiedlers Kopf widerhallten.

„Warum schreit er so?", raunte er seinem Nebenmann und Arbeitskollegen zu.

„Er ist wichtig", flüsterte dieser zurück.

„Ruhe bitte!" Kriese, der Unternehmerberater und Psychologe klopfte auf den Tisch. „Gerade Sie sollten meinem Vortrag konzentriert folgen", donnerte er, wobei er Fiedler und Geiger fixierte.

Fiedler verzog das Gesicht zu einer Grimasse und beobachtete konzentriert, wie der Adamsapfel des Vortragenden auf und ab hüpfte.

„Gefühle und Emotionen sind unüberschaubar und psychologisch noch unbewältigt. Ich zitiere hier Bühler, sechziger Jahre. Das war einmal. Heute ist es möglich dies durch gezielte Werbung hervorzurufen und zu verstärken. Das werden wir uns zunutze machen, meine Herren. Der Vertrieb ist bisher wenig bis gar nicht effektiv, aber das wird sich ab sofort ändern", bei diesen Worten umzuckte ein wölfisches Lächeln Krieses Mundwinkel.

Fiedler gab es auf, den verbalen Drohungen des Unternehmerberaters zuzuhören. Stattdessen konzentrierte er sich auf die großen Fensterscheiben, die sich hinter diesem befanden. Verwundert nahm er zur Kenntnis, dass ein Mann in freiem Fall am Fenster vorbeiflog. Er schüttelte verwirrt den Kopf, wahrscheinlich war er einen Moment eingenickt. Doch sein Kollege Geiger überzeugte ihn vom Gegenteil. Er sprang auf, zog Fiedler hoch und deutete auf das Fenster.

„Da ... da ist gerade einer vorbeigeflogen. Nach unten, meine ich ... also gefallen", stammelte er.

Der Unternehmerberater stutze, drehte sich kurz um. „Das ist wieder einmal typisch", knurrte er. „Wahrscheinlich sind sie eingeschlafen. Die Leute vom Vertrieb, Schlafmützen allesamt. Sie sollten sich wirklich Sorgen um ihren Arbeitsplatz machen."

Den letzten Satz nahm Fiedler nur noch im Hintergrund wahr, denn er folgte seinem Kollegen, der aus dem Besprechungszimmer gestürmt war.

„Der kam bestimmt von oben, von der Spielefirma, Armicula heißen die doch, oder", stellte Geiger auf dem Weg zum Fahrstuhl fest. „Eben", bestätigte Fiedler. „Die sitzen im 15. Stock. Los, da ist der Fahrstuhl."

Im 15. Stock angekommen wurden sie von einer Gruppe junger Männer und Frauen erwartet, die durcheinanderredeten und sich verstört ansahen.

„Sie sind vermutlich von der Polizei", sagte ein pickeliger Jüngling.

„Was ist passiert?", fragte Geiger, ohne auf die Vermutung einzugehen.

„Er hat die VR Brille getestet, freiwillig. Jedenfalls ziemlich. Obwohl sie eigentlich noch nicht so weit war", stotterte der junge Mann.

„Wer? Was?", fragte Fiedler.

„Doktor Köster, unser Vertriebsleiter. Die VR Brille. VR bedeutet Virtual Reality. Wir arbeiten an einem Projekt, bei dem wir Werbung in 3-D Computerspielen unterbringen. So wecken wir gezielt Emotionen und die Werbung wirkt erst richtig. Um es simpel auszudrücken."

„Na gut, aber was ist diesem Doktor, ihrem Boss passiert, sodass er aus dem Fenster gestürzt ist."

„Nun, in diesem neu entwickelten Spiel finden Verfolgungsjagden auf dem Wasser statt. Der Handelnde fährt ein Jet-Boot. Die eingefügte Werbung ist die einer Fluggesellschaft. Der Slogan heißt: Über den Wolken. Dazu werden Loopings geflogen", erklärte der Jüngling, während er an einem besonders dicken Pickel knibbelte. „Das Konzept hat jedenfalls gewirkt. Doktor Köster ist mit Anlauf durch die Scheibe getrashed. Yippie hat er dabei geschrien", fügte er nachdenklich dazu.

„Die Werbung wirkt direkt auf das Emotionszentrum des Spielers, also desjenigen, der die Brille auf der Nase hat. Genau wirkt sie auf Amygdala und Hippocampus. Das ist bei Köster definitiv der Fall gewesen", meldete sich eine junge Frau zu Wort.

Geiger schaute verwirrt. „Bitte was?"

„Das sind Teile des Hirns, in denen Emotionen entstehen", klärte der junge Mann auf. „Wir hatten letztens einen Unternehmerberater und Psychologen im Haus. Er hat uns auf die Idee gebracht, Werbung in Spielen zu integrieren."

„Er hatte es besonders auf den Vertrieb abgesehen und hat Köster mächtig unter Druck gesetzt. Auf die übelste Weise. Ich glaube er macht jetzt die Leute im achten Stock fertig", die junge Frau wies mit dem Daumen nach unten. „Jedenfalls wollte Köster sich beweisen, deshalb hat er die VR Brille unbedingt testen wollen."

Geiger und Fiedler starrten nachdenklich auf den angeschmuddelten Teppichboden.

„So, so, Unternehmerberater ...", murmelte Geiger. „... und Psychologe", ergänzte Fiedler. Der Jüngling schaute verwirrt von einem zum anderen. „Wollen Sie sich keine Notizen machen? Oder ein Protokoll aufnehmen oder so ...", er verstummte.

„Ach so, das habe ich vergessen zu erwähnen. Wir sind nicht von der Polizei. Wir kommen aus dem achten Stock", erklärte Geiger.

„Wir müssen dann auch wieder. Doktor Kriese hast sich durch einen fliegenden Vertriebsleiter sicher nicht in seinem Vortrag stören lassen", fügte Fiedler hinzu.

Gemeinschaftlich machten sie kehrt und gingen in Richtung Fahrstuhl.

„Das ist ja ein Ding, was", merkte Geiger an, während Fiedler mit den Schultern zuckte. „Wenigstens ist er glücklich gestorben", merkte er an.

Angie Pfeiffer
Spontanfete zu Weihnachten

Ich bin sauer, echt! Nur wegen meiner zwei Nichten muss ich mich heute, am Heiligen Abend durch die Innenstadt Quälen.

Bisher habe ich den Mädchen zu Weihnachten immer einen Schein in die Hand gedrückt, das war auch immer in Ordnung so. Plötzlich meint meine Schwester, das wäre nicht gut. Die Kinder würden so den Sinn des Weihnachtsfestes nicht verstehen.

Was für ein Quatsch! Hat das Weihnachtsfest denn überhaupt einen Sinn? Außer, dass man ein paar freie Tage hat, sich diese aber dadurch versaut, dass man sich vorher auf die Geschenkejagd begibt und anschließend alle Verwandte sieht, die man nicht ausstehen kann?

Aber was kann man von einer Schwester erwarten, die ihre Hausfrau- und Mutterrolle perfekt ausfüllt. Die alle Erwartungen der Eltern erfüllt hat, weil sie ihrem Brutinstinkt folgte.

Egal – jetzt jedenfalls bin ich dabei, für jedes Kind eine schwangere Barbie zu kaufen, die haben sie sich gewünscht.

Überhaupt: Sind Barbiepuppen sinnvoll? Ich habe nie mit den Dingern gespielt, sonst würde ich wohl immer noch auf meinen Ken warten. Statt zu warten habe ich lieber Karriere gemacht.

Sicherlich habe ich einige Kens gehabt und fast alle wollten sie irgendwann Kinder. Aber nur auf meine Kosten: Mein Haus, mein Auto, meine (Haus)Frau, meine (Ken)Kinder, mein Garten (den meine Frau beackert).

Nee, wirklich nicht, auch nicht mit Erziehungsurlaub für den Vater. Der hätte sich in der Zeit sowieso scheiden lassen, denn Windeln mit Kinderkacke macht depressiv, jedenfalls die Männer, die ich kennengelernt habe.

Wenigstens finde ich die Barbies problemlos, was mich misstrauisch macht. Ich kaufe für jede Nichte noch einen Ken, sicher ist sicher. Dann gibt es auch keine Fragen wegen der Vaterschaft.

Das lässt mich an meinen derzeitigen Ken denken. Er ist eigentlich ein süßer Kerl, sogar ziemlich unkompliziert. Er kann sogar mit meiner gelegentlichen schlechten Laune umgehen.

Seltsam, der Gedanke an ihn holt mich aus meinem Tief heraus und ich fahre einigermaßen ausgeglichen nach Hause.

Ein Glück, die Hektik habe ich hinter mir gelassen. Ich lege die eingepackten Nichtengschenke beiseite, nippe an meinem Matetee und genieße die Ruhe. Es klingelt an meiner Eingangstür.

Oh nein! Ich fluche, bemühe mich jedoch um ein freundliches Gesicht und öffne. Mein Nachbar mit Migrationshintergrund steht vor der Tür: „Du allein, du kommen zu uns. Wir machen alle zusammen Bescherung", stammelt er.

Ich schüttele seine Hand von meinem Arm und kläre auf: „Nix Bescherung, du Moslem, ist Beschneidung. Das ich nicht sehen wollen."

Er schüttelt verwirrt den Kopf. „Nix Beschneidung, heute Bescherung. Ich nix Moslem, ich Kopte, Christ ist geboren." Er schielt an mir vorbei. „Du nix Weihnachtsbaum?"

Ich schüttele wieder den Kopf. „Nein, ich nix Weihnachtsbaum. Ich heute Ruhe brauchen. Viel Ruhe. Danke für Angebot, aber ich jetzt schlafen." Mit diesen Worten ziehe ich meine Tür zu. Durch den Spion sehe ich, dass der Nachbar zurück in seine Wohnung geht. Wirklich, was soll das denn. Ich feiere prinzipiell nicht, weil der Kalender mir das vorschreibt. Ich kann auch ohne Vorgabe feiern. Meinen aktuellen Ken habe ich auch auf einer spontanen Fete kennengelernt. Er hat den ganzen Abend zu Schmusemusik mit mir getanzt, ganz eng, gleich von Anfang an. Und ich wusste sofort, dass er der Richtige ist. Hey, ich kriege ganz feuchte Augen. Ich habe wohl was ins Auge bekommen.

Es klingelt schon wieder. Nicht schon wieder der pseudo christliche Nachbar, echt!

Ich reiße entrüstet die Wohnungstür auf und werde von meinen Nichten überrannt. „Überraschung!!!"

Schwester und Schwager folgen etwas langsamer.

Hinter ihnen schlendert mein Ken in die Wohnung. Er haucht mir einen Kuss auf die Lippen, wortlos aber mit Gefühl.

Meine schwer bepackte Schwester verschwindet gleich in der Küche. „Wir haben alles dabei", ruft sie, „du brauchst dir keine Gedanken machen."

Die Nichten streiten, wie immer. "Meine Barbie hat längere Haare!"

"Nö, meine!"

"Aber mein hat viel Geld, wie unsere Tante!"

"Jetzt hört mal auf!" Mein Schwager lacht und drückt uns Champagnergläser in die Hände. „Wir machen jetzt einfach eine spontane Fete und keine traditionelle Weihnachtsfeier", sagt er.

"Ohne oh du Fröhliche", wispere ich.

Ken knuddelt mich. "Ohne, versprochen."

Ich bin plötzlich unglaublich glücklich. Mir kommt ein Gedanke. „Ich klingele mal eben bei den Nachbarn. Vielleicht wollen sie mit uns feiern."

Nachtrag:
Die Nachbarn haben sich uns angeschlossen und es ist eine tolle Spontanfete geworden. Irgendwie weihnachtlich und dann wieder auch nicht. Wir haben uns richtig gut amüsiert.
Übrigens: mein Ken heißt Tim und ich bin Jana. Wir haben uns an diesem denkwürdigen Tag verlobt und in drei Monaten sind wir zu dritt.
Aber Weihnachten feiern wir nicht. Wir machen am Heiligen Abend lieber eine Spontanfete!

Dilettant

Chaostage

Wer kennt sie nicht: die Tage, an denen man gar nicht erst aufstehen sollte.

Jüngst hatte auch ich meinen ganz persönlichen Chaostag. Alles fing damit an, dass ich vom Gebell der Hunde aufwachte. Offensichtlich mussten beide schnell einmal in den Garten. Schlaftrunken öffnete ich ihnen die Terrassentür und war schlagartig wach, denn im Körbchen des Dackelmädchens lagen meine Lieblingsschuhe. Das ungeratene Tier hatte doch nicht etwa ...

Doch es hatte. Dem linken Schuh fehlte die Hacke fast vollständig. Ich seufzte und nahm vorsichtshalber eine Kopfschmerztablette. Sicher ist sicher. Da ich schon einmal wach war, konnte ich auch gleich mit der Morgentoilette beginnen. Gerade noch rechtzeitig bemerkte ich, dass sich auf der Zahnbürste die sündhaft teure Anti-Faltencreme meiner Liebsten befand. Verflixt, ich sollte wirklich die Brille aufsetzen!

Doch was mir dann widerfuhr war einmalig; denn erst als ich unter der wohlig warmen Dusche stand, fiel mir auf, dass ich immer noch meine Unterhose trug.

Angie Pfeiffer

O sole mio

„Ach, ich würd' gerne mal etwas Romantisches mit dir machen. Zum Beispiel in einer Gondel durch Venedig fahren. Das wäre bestimmt toll", seufzte Manu.

„Venedig!", murmelte Andy. „Geh mir doch damit weg. Letztens habe ich bei Arte einen Bericht über die Stadt gesehen. Eine Gondelfahrt kostet schlappe dreihundert Euro. Die spinnen, die Italiener. So viel Geld, um auf einem muffelnden Kanal herumzufahren. Also - träum' weiter."

Manu horchte auf. Was ihr Mann da sagte, entbehrte nicht einer gewissen Logik. Warum zum Gondelfahren nach Venedig reisen und viel Geld ausgeben, wenn man dieses Vergnügen entschieden billiger direkt vor der Haustür haben konnte. Schließlich sollten in der nächsten Zeit an dem durch Münster führenden Dortmund-Ems-Kanal Verschönerungsmaßnahmen durchgeführt werden. Na gut, erst einmal sollte der Radweg am Kanal neu gemacht werden, doch bestimmt würde auch das Ufer aufgeforstet werden.

Sie konnte es fast vor sich sehen: Eine bunt angemalte, venezianisch gestylte Gondel, die

164

mit Samt und Seide ausgeschlagen war. Malerisch würde sie am Kanalufer entlanggleiten, würde verliebten Pärchen als Gondel ins Glück dienen.

Mit leuchtenden Augen erzählte sie Andi, was ihr vorschwebte, was der mit einem lauten Rülpser und den Worten: „Weib, du spinnst!" beantwortete.

„Das werden wir ja sehen", murmelte Manu kämpferisch. Gleich morgen würde sie einen Termin bei der Bank machen. Dort würde sie hoffentlich auf ein offenes Ohr und eine Kreditzusagen treffen. Warum sollte man sich auch nicht darauf einlassen, schließlich war das Einfamilienhaus, das sie und Andi bewohnten abbezahlt und würde bestimmt als Sicherheit genügen.

„Du wirst es nicht glauben, die Gondel ist über die Sommermonate ausgebucht. Erst mal. Für den Herbst sieht es auch gar nicht so schlecht aus", stellte Manu befriedigt fest.

Andi glaubte seinen Ohren nicht zu trauen. „Wie? Was? Gondel? Sag mal, hast du das wirklich durchgezogen?"

„Klar! Was hast du denn gedacht?", war die prompte Antwort. „Wenn du dich mehr für mich und meine Wünsche und Träume interessieren würdest, dann hättest du das schon längst mitgekriegt. Die Leute können sich mit der Gondel von Senden bis nach Münster in den Hafen fahren lassen."

Mit offenem Mund lauschte Andi seiner Frau, die ihm ihr Geschäftsprinzip erklärte.

„Alles in trockenen Tüchern. Der Bankberater war zwar zuerst etwas skeptisch, aber schließlich hat er eingesehen, dass es eine bombensichere Sache ist. Schließlich ist das Haus ja als Sicherheit da."

„Unser Haus???"

Manu runzelte die Augenbrauen, „Frag doch nicht so blöd. Sicher unser Haus. Was denn sonst. Ist aber kein Risiko dabei. Ich habe Frederico mit ins Boot", hier kicherte Manu. „Ich wollte sagen in die Gondel holen können.

„Welcher Frederico???"

„Boh, du bist aber heute schwer von Kapee! Frederico, der das Incotro hat. Du weißt schon, die Pizzabude an der Ecke. Er hat einen Cousin, der super mit dem Paddel umgehen kann."

„Mit dem Paddel?", murmelte Andi schwach und fühlte sich überfordert.

„Na mit dem Paddel für die Gondel. Einer muss die Leute ja schließlich fahren. Du bringst das ja eher nicht, mein Bester", kam es kämpferisch von Manu. „Übrigens kann Ernesto super singen. O sole mio zum Beispiel. Aber er kann auch Rammstein, wenn es gewünscht wird. Oder Helene Fischer und natürlich Eros Ramazzotti. Essen und Trinken können die Leute auch an Bord."

„Ah ha?", Andi hatte sich wieder etwas gefasst. „Und was gibt es für kulinarische Spezialitäten? Pizza von Frederico? Serviert vom singenden Oberkellner mit dem tollen Paddel?"

Entweder verstand Manu die Spitze nicht oder sie wollte nicht verstehen.

„Pizza und Pasta gehen natürlich auch", erklärte sie ernsthaft. „Aber es muss nicht italienisch sein. Auf Wunsch servieren wir auch Töttchen mit Kartoffelbrei. Das ist auch bei den Getränken so. entweder Vino tinto und Grappe oder ein Pott's Landbier mit nem anständigen Lagerkorn. Da sind wir variabel."

„Das gibt's doch nicht! Das hast du alles hinter meinem Rücken gemacht. Einfach so?" Andi schüttelte den Kopf. „Das geht doch gar nicht."

„Das geht super", erklärte Manu mit einem gewollt unschuldigen Augenaufschlag. „Frederico und ich, wir verstehen uns richtig gut. Er ist von meiner Geschäftsidee begeistert. Deshalb haben wir beschlossen noch enger zusammenzuarbeiten."

„Oh nein! Das kommt gar nicht in Frage. Da habe ich als dein Mann ja wohl auch noch ein Wörtchen mitzureden", brach es aus Andi heraus. Ehe er sich in Rage reden konnte, unterbrach ihn seine Frau.

„Ex Mann!", sagte sie freundlich.

„Wie? Was? Ex?"

Manu stand auf. „Sag ich doch, Du bist einfach schwer von Kapee. Aber wenn du darüber nachdenkst, dann kommst du schon noch drauf."

Sanft strich sie ihm über das schüttere Haar. „Übrigens: Wenn du mal eine Gondelfahrt auf dem Kanal machen willst, bekommst du von uns einen satten Rabatt, aus alter Freundschaft." Mit diesen Worten schwebte sie aus dem Zimmer.

Mit offenem Mund hörte Andi, wie die Haustür ins Schloss fiel.

Robin Royhs

Sonntag, 11 Uhr

Verschlafen blinzelt er, dreht sich entschlossen auf die andere Seite, doch es ist zu spät. Der Schlaf ist ihm entglitten. Er schaut auf den Wecker, setzt sich mit einem Ruck auf. Es ist Sonntag, es ist nach 11 Uhr und er liege immer noch im Bett.

Einerseits hat er ein schlechtes Gewissen, andererseits weiß er genau, dass er nichts versäumt. Trotzdem steht er auf, schlurft in den Küchenbereich.

Die Kaffeemaschine ist betriebsbereit, er drückt nur den Knopf, setzt sich ans Fenster, schaut den Eichhörnchen zu, die emsig ihren Wintervorrat sammeln. Seit ein paar Jahren sind sie wieder da.

Für einen Augenblick erwägt er, sich auf die Couch zu legen, bleibt aber letztendlich sitzen, kann sich nicht dazu aufraffen aufzustehen und in den Wohnbereich zurückzugehen.

Die Kaffeemaschine blubbert, der Brühvorgang ist abgeschlossen. Vielleicht bringt ein Dosis Koffein ihn in Trapp.

Mit der gefüllten Tasse schlendert er herum, nimmt dies in die Hand, rückt das gerade. Was soll er nach dem Kaffeetrinken machen?

So sehr er auch überlegt, es fällt ihm nichts ein.

Sein Haus ist bestellt. Er ist bereits auf den Winter vorbereitet. Es gibt keine Probleme, keinen Gesprächsbedarf mit Freunden oder der Familie, so er sie denn hätte. Aber er hat nicht einmal Feinde, über die er sich Gedanken machen kann.

Plötzlich hört er das Geräusch. Es kommt von der Tür, die zum Lager führt. Vorsichtig nähert er sich, horcht angespannt, mit klopfendem Herzen.

Da ist es wieder, hört sich wie ein Kratzen an oder wie ein Rascheln. Er kann es nicht einordnen. Entschlossen strafft er die Schultern, er wird nachschauen, was oder wer die Geräusche verursacht.

So schließt er die Tür auf, der Schlüssel knarzt, knirscht. Jetzt muss er nur noch die Klinke herunterdrücken und die Tür öffnen. Sie quietscht protestierend.

„Hallo, ist da jemand", obwohl er weiß, dass es unmöglich ist, ruft er in den Lagerraum, der Reihe für Reihe vom flackernden Neonlicht erhellt wird.

Niemand - er mustert die gut gefüllten Regale, will die Tür schon wieder schließen, da huscht ein Schatten an ihm vorbei. Eine winzige graue Maus mustert ihn aus kleinen, schwarzen Augen und mit zitternden Barthaaren.

Er lächelt. „Hallo du, willst du mir Gesellschaft leisten? Das ist nett."

Die Maus setzt sich auf die Hinterpfoten, putzt sich die Barthaare, als wüsste sie, dass von diesem Wesen keine Gefahr ausgeht.

„Du liegst richtig", stellt er fest. „Hier gibt es genug Essen für die nächsten hundert Jahre."

Die Maus scheint tatsächlich bleiben zu wollen. So schließt er die Lagertür, betrachtet seinen neuen Mitbewohner versonnen.

„Dir scheint es ähnlich ergangen zu sein wie mir, was? Sicher weißt du auch nicht so genau, was vor 15 Jahren passiert ist. Man wacht nichtsahnend an einem Sonntagvormittag um 11 Uhr auf und muss feststellen, dass man den Weltuntergang verpennt hat ..."

Angie Pfeiffer

Schreiben sie einen Ratgeber

„Warum keinen Ratgeber", sagte mein Verleger jovial und legte mir väterlich die Hand auf die Schulter. „Allerdings gibt es schon eine Menge davon. Sie müssen etwas Neues, Kreatives bringen. Etwas, dass die Leute anspricht. Lassen Sie sich etwas einfallen. Haben Sie eine spontane Idee?"

Mit Mühe ließ ich seine Hand auf meiner Schulter liegen, schließlich brauchte ich den Auftrag dringend. Mein letztes Buch ‚Die Geschichte einer Scheidung' war nicht sehr erfolgreich gewesen, um es gelinde auszudrücken.

„Na ja, Scheidungen in Romanform sind wohl im Moment nicht in", sinnierte ich. „Vielleicht müsste ich das Thema in einer anderen Form bringen. Wie wäre es mit: Scheidungsschmerz wie weggeblasen, ein Ratgeber für die Frau?"

„Hi, hi, Sie sind witzig. Wie weggeblasen", kicherte mein Verlegen um unvermittelt ernst zu werden. „Das Thema Scheidung ist abgenudelt. Und der Titel, das geht gar nicht. Wissen sie denn überhaupt nicht, dass die meisten Leute bei langen Worten nur den ersten und den letzten Buchstaben lesen und sich das Mittelstück zusammenreimen? Was soll dabei herauskommen? Statt Scheidungsschmerz Scheidenpilz, oder was?" Er stockte und schaute mich nachdenklich an. „Vielleicht sollten Sie einen Ratgeber darüber schreiben. Das ist in immer aktuelles Thema!"

„Nein", rief ich panisch aus. „Und überhaupt, darüber recherchieren die Leute heimlich im Internet. Die kaufen doch keine Ratgeber zum Thema ... äh ... Gesundheit ... untenrum ..." Ich stockte und war froh, dass mir dieses wirklich gute Argument eingefallen war. Plötzlich hatte ich eine Eingebung. „Wie wäre es damit: Ich bin ein Star - wie kann ich unerkannt shoppen gehen."

Der Verleger runzelte die Stirn. „Ansatz gut, interessiert. Aber schwach formuliert. Eher: Reich, schön und sexy - was nun."

Ich nickte heftig, versuchte sehr anerkennend zu gucken.

„Das kann ich Ihnen machen, wirklich. Ich bin schnell und effizient."

„So, so, sie können es mir machen, schnell und auch noch effizient? Und sie wollen mir Spesen für die Feldforschung aus dem Kreuz leiern, was", grinste er höhnisch.

Dieser Mann dachte wirklich unappetitlich.

„Na, ja", wisperte ich, „wie soll das ohne die nötigen Mittel gehen, ich muss ja schließlich nah am Objekt sein."

Immer noch grinsend griff er in seine Schreibtischschublade. „Ich hätte hier etwas. Das ist die beste Unterstützung für Sie. Ich hab's selbst geschrieben."

Mit Bestürzung las ich den Titel des Ratgebers, den er vor mir abgelegt hatte: ‚London-Paris-Hollywood - effektiv reisen ohne einen Cent in der Tasche".

Robin Royhs

Endstation Pudong

Irgendwie hatte er sich zwischen Zhenfeng-
nong und Shanghai verlaufen.
In Zhouzhuang, dem sogenannten Venedig
des Ostens, hatte er zu Mittag gegessen, das
wusste er noch. Auch an die unzähligen
Stände mit gesottenen Schweinsfüßen erinnerte er sich, an unangenehm süßliche Aro-
men, welche die Stände umgaben. Er war
geflüchtet, konnte den Geruch nicht mehr
aushalten, war in eine dunkle Gasse geraten.
Hier fand er ein Restaurant, in dem es ange-
nehm roch, das einen dezenten Wirt hatte,
der ihm lächelnd ein ein Tsing tao servierte.
Ein Blick auf die Uhr sagte ihm, dass es Zeit
wurde, sich wieder der Reisegruppe anzu-
schließen. Bald hatte er die gelbe Fahne ge-
sichtet, die der Reiseleiter schwenkte, um
seine Schäfchen zusammenzuhalten. Erleichtert lief er ihr hinterher, stieg in den Bus,
freute sich auf die angenehme Kühle, welche
die Klimaanlage bald produzieren würde. Er
ließ sich auf seinen Platz plumpsen, schloss
die Augen, bemerkte, wie der Bus sich in Bewegung setzte.
Er wachte aus seinem Dämmerschlaf auf,
blickte verwirrt um sich. Neben ihm saß eine

Frau, eine Chinesin. Genau genommen waren alle Leute um ihn herum Chinesen. Auch der Reiseführer sah irgendwie anders aus als vorher.

Vor ihm stand ein Rucksack, den er hochnahm, auf seine Knie setzte, fest umklammerte. Eine Panikattacke überrollte ihn, denn plötzlich war ihm klar, dass er dem falschen Reiseführer nachgelaufen war. Um sich zu beruhigen öffnete er den Rucksack, kramte darin herum, was die Chinesin auf dem Nebensitz zu irritieren schien. Sie beäugte ihn argwöhnisch. Er fand eine Brieftaschen, einen Ausweis, mehrere Kreditkarten. Auch einen Besucherausweis einer großen deutschen Firma, der auf den Namen Chen Randie ausgestellt war fiel ihm in die Hände. Nun, das war besser als nichts. Vorsichtig lächelte er die Frau neben sich an. Sie erwiderte das Lächeln zögerlich.

Sie nahm ihn mit zu sich nach Hause, redete auf ihn ein, doch er verstand nicht.

Am nächsten Tag führte sie ihn zu einem Imbiss, wo er angewiesen wurde die schmutzigen Teller zu spülen.

Schnell lernte er, sich auch sonst in der Küche des Imbisses nützlich zu machen. Bald durfte er Gemüse schnetzeln, dem Koch zuarbeiten.

Auch kam er der Frau schnell näher, sie ließ ihn in ihrem Bett schlafen.

Er nannte sie Pudong, was ihr Name sein musste, denn sie sprach das Wort ziemlich oft aus, lachte immer, wenn er sie so rief.

Manchmal fragte er sich, was aus Pudongs Mann geworden war. War er in seinen Bus eingestiegen und lebte jetzt als Jörg Kurz in Frankfurt? Oder war er in einen der Kanäle in Zhouzhuang gefallen und ertrunken und Pudong war froh, so schnell einen neuen Mann gefunden zu haben.

Egal, er fühlte sich wohl als Chen Randie. Bald würden er und Pudong einen eigenen Imbiss eröffnen. Niemand erwartete etwas von ihm. Das Leben war ein ruhiger Fluss geworden. Er war glücklich.

Angie Pfeiffer

Sternenliebe

Mitten im weiten Weltall gab es einmal einen Stern. Er war nicht besonders groß, aber er leuchtete heller als viele seiner Brüder. Von der Erde aus sah man ihn in jeder Nacht am Himmel stehen. Zudem leuchtete er immer an derselben Stelle, was ihn besonders machte. Denn so sorgte er dafür, dass die Seefahrer einen Punkt am Himmel fanden an dem sie sich orientieren konnten und sich so nicht verirrten.

Aber auch für die ganz normalen Menschen leuchtete er, sorgte dafür, dass sie sich des Nachts nicht verliefen. Er fühlte sich wohl, weil er gebraucht wurde.

Früher hatte er sich in einem ganz anderen Teil des Universums aufgehalten, aber dort hatte er sich nicht mehr wohl gefühlt. Er hatte sich nämlich in ein strahlend schönes Sternenmädchen verliebt und war ihm gefolgt, um immer bei ihm zu sein.

Zuerst hatte das Sternenmädchen mächtig viel von Liebe erzählt, aber bald schon leuchtete es nicht mehr für ihn, ließ ihn einfach stehen und zog weiter, immer der großen Liebe hinterher, die es wohl niemals finden würde.

Der kleine Stern war allein zurückgeblieben, grämte sich, fühlte sich enttäuscht und traurig.

Um ein Haar hätte er aufgehört zu leuchten, doch nach einer langen, einsamen Zeit beschloss er, sich einen neuen Platz zu suchen. Von nun an wollte er keinem Mädchen mehr trauen und aus lauter Liebe alles aufgeben.

In einer besonders klaren Nacht leuchtete der Stern noch heller als sonst. Da schaute ein Mädchen von der Erde zum Himmel hinauf. Von allen Sternen fiel ihm nur der eine auf.

„Du bist der allerschönste Stern der Welt", flüsterte es sanft.

Der Wind trug diese leisen Worte hoch hinauf, bis zu dem Stern. Er schaute sich dieses seltsame Geschöpf genau an und obwohl es kein strahlendes Sternenmädchen war, sondern nur ein ganz normales Menschenkind, fühlte er ein ganz besonderes Funkeln.

Von nun an, erstrahlte der Stern jeden Abend allein für das Menschenkind. Es schien ihm, als würden die Augen des Mädchens heller als jeder Sternenschein leuchten.

Wenn es den Kopf in den Nacken legte, um ihn andächtig zu betrachten, dann leuchteten seine Funkelaugen nur für ihn.

Sehnsüchtig streckte es die Arme aus, um den Stern zu umfassen. Aber weil der hoch oben am Himmel war konnte es ihn nicht berühren.

Allmählich und ohne dass er es wollte, verliebte sich der Stern in das Menschenmädchen. Vielleicht auch, weil er ganz genau wusste, dass es ihn auch liebte. Aber weil das Mädchen auf der Erde lebte und der Stern im Weltall schwebte konnten die beiden sich immer nur ansehen.

Manchmal, wenn der Wind gut gelaunt war, trug er Worte der Liebe hin und her, aber meistens war das nicht der Fall.

Schließlich wurde das Mädchen sehr traurig und weinte bitterlich.

Der Stern sah seine Tränen. Er wurde selbst ganz unglücklich. Er wollte zu ihm hinunter steigen und es trösten, aber er zögerte. Wenn er seinen Platz verlassen würde, so würde ein anderer Stern seine Aufgabe am Himmel übernehmen. Er würde nie wieder zurückkehren können. Schon einmal war er bitterlich enttäuscht worden. Was, wenn auch dieses Mädchen ihn nicht mehr haben wollte, nachdem er alles für es aufgegeben hätte? War es ihm mit dem treulosen Sternenmädchen nicht genau so ergangen? Hatte er sich nicht geschworen, keinem Mädchen mehr zu trauen?

Doch während der Stern nachdachte, wurde das Menschenmädchen immer trauriger. Seine Augen leuchteten nicht mehr, kein Lächeln erhellte sein Gesicht. Schließlich hob es gar nicht mehr das Gesicht zum Himmel um den Stern zu betrachten und Zwiesprache mit ihm zu halten.

Da fasste der Stern einen kühnen Entschluss. Er nahm seinen ganzen Mut zusammen, schwebte sacht zur Erde und landete sanft direkt neben dem Menschenmädchen. Er hatte schreckliche Angst, dass das Mädchen ihn doch nicht haben wollte. Aber als es ihn mit großen Augen ansah, entdeckte er wieder das Leuchten, das ihn von Anfang an so sehr entzückt hatte.

Nun, wo er ganz nah bei dem Mädchen war, bemerkte er sogar nicht mehr. Er sah, dass seine Augen vor lauter Liebe leuchteten. Da wusste der Stern, dass er die richtige Entscheidung getroffen hatte.

Endlich Rentner

Geschafft.

Mein letzter Arbeitstag lag hinter mir. Endlich hatte ich als Rentner Zeit, all das zu machen, woran mich die vermaledeite Arbeit gehindert hatte.

Meine to do Liste war ellenlang:

Erst einmal wollte ich an jedem Tag ausschlafen. Frisch geduscht und gut gelaunt wollte ich mich dann an die Arbeit machen, denn

- Die Tür des Gartenhauses musste dringend repariert werden.

- Die Dachrinne wartete seit Jahren auf eine gründliche Reinigung.

- Zudem lag meine Frau mir schon seit längerer Zeit damit in den Ohren, dass ich ihr ein neues Bücherregal bauen sollte.

- Ach ja, ein Vogelhaus wollte ich auch noch anfertigen

- Und endlich meine seit Jahren geplante Eisenbahnanlage in Angriff nehmen.

Ich würde stundenlange Spaziergänge mit dem Hund unternehmen und das Rentnerdasein richtig genießen.

Auf dem Weg nach Hause traf ich meinen Nachbarn, der schon länger Rentner war. Er lief unrasiert in einem schlabberigen Jogginganzug herum und sah aus, wie eine Dogge auf Extasy. Wie konnte man sich nur so gehen lassen! Ich wusste, dass er schon am Nachmittag vor der Glotze saß. Nein! Das wäre nichts für mich.

Am nächsten Morgen machte ich mich gut gelaunt auf den Weg zum Hagebau, um Holz für das Bücherregal und das Vogelhaus zu kaufen und zuschneiden zu lassen.

Im Baumarkt schlichen überall alte Säcke herum. Die wussten wohl gar nicht, was sie tun sollten. Oder hatten ihre Frauen sie rausgeschmissen, um in Ruhe sauber machen zu können? Dieser Gedanke ließ mich vor mich hin kichern, was mir einige befremdliche Blicke einbrachte. Aber das machte mir nichts aus, ich war einfach gut drauf. Wenn die Rentnerbrigade das nicht verstand, dann tat sie mir leid.

Vier Wochen später hatte ich das Gartenhaus neu gedeckt, komplett aufgeräumt und die Tür repariert. Die Dachrinne hatte ich gereinigt, das Bücherregal und ein Vogelhaus gebaut. Die Eisenbahnanlage stand aufgebaut im komplett aufgeräumten Hobbykeller.

Nach dem Frühstück pfiff ich nach dem Hund, um einen schönen, langen Spaziergang mit ihm zu unternehmen, was die dämliche

Töle dazu veranlasste, sich unter dem Bett zu verkriechen. Leider ließ der Köter sich nicht einmal mit einer dicken Scheibe Fleischwurst dazu bewegen, herauszukommen. Scheinbar wollte er nicht spazieren gehen.

Also aß ich die Wurst selbst und ging voller Elan zurück in die Küche, wo meine Angie herumwerkelte. Sie warf mir einen merkwürdigen Blick zu. Fast hätte man meinen können, sie wirke genervt.

„Nein", sagte sie energisch. „Ich will kein weiteres Bücherregal und zum Spazierengehen habe ich keine Zeit. Du brauchst mir auch keine Haushaltstipps zu geben. Übrigens: Heute Nachmittag bin ich unterwegs. Ulrike und ich machen eine Shoppingtour."

„Schön. Ich begleite euch", rief ich spontan und enthusiastisch aus.

„Nein!"

„Nein?"

„Warum baust du nicht noch ein Vogelhaus? Dann haben wir eins für Männchen und eines für Weibchen."

Das war keine schlechte Idee. Gleich machte ich mich auf, um mir im Baumarkt Holz für das zweite Vogelhaus zuschneiden zu lassen.

Nun war ich schon drei Monate Rentner.
Irgendwie hatte ich das Bedürfnis, mich mit einem anderen Menschen zu unterhalten und

ging deshalb zum Arzt. Im Wartezimmer traf ich auf einige Rentner, mit denen ich mich über die verschiedensten Krankheiten austauschen konnte.

Einer von ihnen erzählte von seinen Prostata Problemen. Damned – irgendwie fühlte ich mich ihm verbunden.

Leider nahm sich der Arzt meiner Prostataprobleme nicht an. Wahrscheinlich meinte er, dass ich als Rentner genug Zeit zum Pinkeln hätte.

Schade! Er stellte auch keine weiteren Krankheiten bei mir fest, so dass ich keine Veranlassung hatte, in Zukunft bei ihm, bzw. im Wartezimmer vorbeizuschauen.

Auf dem Nachhauseweg fuhr ich an meiner alten Firma vorbei. Merkwürdig. Ich hatte gar nicht bemerkt, dass ich den 40 km Umweg gemacht hatte. Weil ich sowieso schon hier war, hielt ich vor dem Gebäude an, stieg aus und streichelte die Eingangstür.

Ein Jahr war vergangen.
Ein Jahr, in dem ich die Vorzüge des Tragens von Jogginganzügen erkannt, das Haus und den Garten auf Vordermann gebracht und das gesamte Schienennetz der Deutschen Bundesbahn in Kleinformat im Hobbykeller aufgebaut hatte. Im Garten befanden sich

inzwischen 18 Vogelhäuschen, für jede Vogelart eins.

Das Sexleben zwischen Angie und mir war praktisch zum Erliegen gekommen.

Vor einiger Zeit hatte ich gelesen, dass 62 % der Männer über 65 Viagra nehmen. Allerdings würden sich 83 % von ihnen nach der Einnahme nicht mehr daran erinnern, warum sie die Tabletten genommen hatten.

Angie, der ich das erzählt hatte meinte, dass wir etwas für uns, unsere Körper und unsere Erotik tuen müssten. Deshalb hatte sie uns ein Wellnesswochenende gebucht. Sie wollte die Seele baumeln lassen. Meinen Einwand, dass in unserem Alter sowieso alles baumeln würde, überhörte sie.

Als ich kurz darauf in den Garten kann sah ich, dass sie mein Foto an die Dartscheibe gepinnt hatte. Im linken Auge steckte ein Pfeil.

Vorsichtshalber begleitete ich sie also doch kommentarlos zu dem gebuchten Wellnesstrip. Wir verbrachten das Wochenende in einem Aschram. Es gab vegetarisches Essen, Kräutertee und Klangschalen Yoga am frühen Morgen und am Abend.

Leider bin ich nicht wirklich Yoga begabt. Die ‚halbe Heuschrecke‘ wollte mir nicht gelingen und so kreierte ich eine neue Figur.

Nachdem ich ,wie grille ich ein Spanferkel und esse es auf' vorgeführt hatte, wurde es mir angetragen, dem Yogakurs lieber fern zu bleiben, weil ich mit meinen negativen Schwingungen das Raum Mantra stören würde.

Angie war stock sauer und drohte mir mit der Scheidung. Sie sagte, dass sie keine Lust mehr habe, mit einem ständig Jogginganzug tragenden, besserwisserischen, unrasierten, ignoranten Ordnungsdeppen zusammenzuleben.

Das saß!

Wieder zu Hause angekommen nahm ich mein Foto von der Dartscheibe ab, verbrannte meinen Jogginganzug im Gartengrill und rasierte mich gründlich. Dabei kam mir eine verwegene, um nicht zu sagen verrückte Idee. Ich würde wieder arbeiten. Nicht nur das – ich würde eine Firma gründen.

Eine Geschäftsidee hatte ich schon: Ich würde Vogelhäuschen produzieren.

Angie Pfeiffer
Ich bringe ihn um ...

„Er ist erledigt!"

Erstaunt blickte ich auf den Telefonhörer, dabei konnte ich meine Freundin darin doch gar nicht sehen. „Wie meinst du das bitte?", fragte ich vorsichtig.

„Wie ich das sage. Ich bringe ihn um!"

Wen sie meinte, musste ich sie gar nicht erst fragen, das wusste ich auch so. „Was hat er gemacht?"

„Er hat ein neues Betriebssystem auf meinem Tablett installiert. Jetzt ist alles weg! Alles, kannst du dir das vorstellen?"

„Aber du hast deine Daten doch bestimmt gesichert?"

„Pah!!!" Tatsächlich wurde meine Anne noch lauter. Sie klang jetzt wie ein Düsenjet. Also von der Lautstärke her, nicht von den schnaubenden Geräuschen, die sie produzierte. Die klangen eher wie ein in Rage geratener drei Meter großer Muffeltroll.

„ER HAT SO'N NEUES TEIL DAFÜR GEKAUFT UND WOLLTE DIE DATEN SICHERN", röhrte sie. „Aber das hat er vergessen. Jetzt ist alles futsch – weg – im Orbit verschwunden. Ich werde ihn ..."

Ich hielt den Hörer einen halben Meter weit von meinem Ohr weg, weil ich einen plötzlichen Gehörsturz durch Geräuschüberflutung vermeiden wollte und gab beruhigende Geräusche von mir. Das hatte ich nicht mehr gemacht, seit mein Jüngster aus dem Gröbsten, sprich den Windeln raus war.

Während meine Freundin weiter keifte, überlegte ich. Was war nur passiert? Sie und Winston waren immer das Traum/Vorzeigepaar schlechthin gewesen. Wie oft hatte Anne mir erzählt, dass sie in einer ‚gut ausbalancierten Beziehung' lebe? Und ein bisschen hatte ich sie immer darum beneidet. Nie gab es einen nennenswerten Streit zwischen den beiden. Sie schienen unnatürlich harmoniesüchtig zu sein. Selbst mit ihren Zwillingen blieb ihnen der schlimmste Pubertätshorror erspart.

Anne arbeitete freiberuflich, erledigte zwar 90 % der Hausarbeit, aber das schien für sie völlig in Ordnung zu sein.

„Während Winston in seinem stressigen Job unterwegs ist, bin ich die meiste Zeit zu Hause", klärte sie mich auf. „Wenn er möchte, dass ich ihn auf einen langweiligen Geschäftstrip begleite, dann kann ich sagen, dass ich einen wichtigen Auftrag habe. Das merkt er gar nicht. Im Gegenzug habe ich schon so manchen ätzenden Auftrag abgewimmelt, weil ich mich ja um die Familie kümmern muss."

Freiraum schien in dieser Beziehung das Zauberwort zu sein.

Alles änderte sich, als Winston Rentner wurde. Zunächst bestand er darauf, die Hausarbeit fifty-fifty aufzuteilen. Allerdings hatte er eine komplett andere Zeiteinteilung als Anne. Während sie es gewohnt war, den Haushalt so schnell wie möglich in Schuss zu kriegen, bestand Winston darauf, erst einmal auszuschlafen.

„Schließlich bin ich lange genug früh aufgestanden."

„Stell dir vor: er fängt am späten Vormittag an, sich das Frühstücksmüsli selbst zu schroten", erzählte mir meine Freundin damals noch leicht genervt. Winston war gerade Rentner geworden. „Erst mal produziert er eine Riesensauerei in der Küche und dann schmeckt das Zeug wie zerkrümelter Taubenmist." Anne schüttelte sich.

„Er wird sich schon wieder einkriegen", versuchte ich die Wogen zu glätten. „Vielleicht kann er Sport treiben. Dann ist er ordentlich ausgepowert und nervt weniger."

Anne setzte sich kerzengerade auf. „Klasse Idee. Habe ich ihm auch vorgeschlagen. Jetzt quengelt er herum, wenn ich nicht mit ihm zum Joggen gehen. Dabei besuche ich seit

Jahren abends meinen Fitnessclub. Am Nachmittag wartet er dann mit Kuchen im Wohnzimmer, obwohl ich dann höchstens einen Joghurt esse."

So schnell wollte ich mit meiner Partnerberatung nicht aufgeben. „Vielleicht kann er sich ein schönes Hobby anschaffen", schlug ich vor.

„Hat er. Sein neuestes schönes Hobby ist es, Preise zu vergleichen. Aber nicht die für ein neues Auto oder so. Nein! Er studiert sämtliche Angebote der örtlichen Discounter und erklärt mir anschließend, wo ich welchen Artikel günstiger bekomme. Als er neulich meinte, dass es zweilagiges Toilettenpapier auch tut, weil das billiger ist, bin ich total ausgerastet. Das war gut, weil er beleidigt war und mir für eine Weile aus dem Weg gegangen ist."

„Na ja, aber ihn ständig zu beleidigen, damit er Ruhe gibt, ist jetzt auch nicht so die Lösung", wandte ich ein.

Anne seufzte tief. „Stimmt. Ich fühle mich im Moment wie der Hase mit dem Igel. Wohin ich auch komme, Winston ist schon da ..."

Anne hatte aufgehört zu schreien. Erleichtert hielt ich den Telefonhörer wieder ans Ohr. „Aber er lebt noch?", stellte ich sicher.

„Na ja, schon. Ich habe ihn zum Einkaufen geschickt. Hoffentlich bleibt er schön lange weg. Dann habe ich mich auch beruhigt."

Das hörte sich schon nicht mehr so blutrünstig an. Ich lachte. „Gib es zu, im Grunde deines Herzens liebst du ihn noch … ein ganz kleines bisschen."

„Zugegeben", seufzte meine Freundin. „Ich verstehe ja auch, dass er, wo er nicht mehr darüber entscheidet, ob er Kredite an große Firmen vergibt, wenigstens entscheiden möchte, ob der Blumenkohl einsfünfundneunzig oder zwei Euro vierzig kosten soll. Aber trotzdem nervt er enorm."

Nach dieser Unterhaltung hörte ich längere Zeit nichts mehr von Anne. Ich begann mir Sorgen zu machen. Ob sie Winston vielleicht doch umgebracht und in einer Kiste in ihrem Kleiderschrank versteckt hatte? Oder in der Kühltruhe im Keller?

Zum Glück waren meine Befürchtungen unbegründet. Neulich ist mir meine Freundin begegnet. Sie sah aus wie das blühende Leben.

Erschüttert musterte ich sie. „Dir geht es gut, nicht wahr! Ist zwischen Winston und dir wieder alles in Butter? Hat er wieder angefangen zu arbeiten, oder was?"

„Das nicht", strahlte meine Freundin mich an. „Aber es ist ein Glücksfall eingetreten. Mein Onkel Alfons ist gestorben und hat uns seinen Schrebergarten vermacht."

„Oh, mein Beileid", stammelte ich. Ich verstand nicht ganz, was Anne daran so lustig fand. Sie grinste nämlich immer noch wie ein Honigkuchenpferd.

„Stell dir vor, Winston ist sofort in den Vorstand gewählt worden. Er ist jetzt sehr aktiv dabei und hat kaum noch Zeit, um sich um den Haushalt oder so zu kümmern."

Jetzt verstand ich und hatte eine spontane Idee: „Sag mal, kann er uns dann nicht helfen, an einen netten Schrebergarten in der Anlage zu kommen?"

Anne stutzte. „Wie jetzt, ihr habt doch einen Garten am Haus."

„Na ja, das schon. Trotzdem - mein Alan geht im nächsten Frühjahr in Rente. Einen Spanischkurs habe ich ihm schon gebucht, aber sicher ist sicher ..."

Der Sündenfall
aus seiner und aus ihrer Sicht ...

Dilettant

Befehl ist Befehl

Eines Morgens lag sie neben ihm, als wäre sie vom Himmel gefallen. Sie sah ihn, sprang auf und schrie aus Leibeskräften. Er kratzte sich verwundert den Kopf, denn bis dato war er das einzige aufrecht gehende Lebewesen gewesen.

Er stellte eine verblüffende Ähnlichkeit zwischen ihr und ihm fest, aber es gab auch Abweichungen von der Norm. Während seine Brust hart war und flach, verunzierten zwei komische Kugeln ihren Oberkörper. Ihre Sitzfläche wirkte weich und definitiv zu rund. So, als habe sie eine Gewebeschwäche. Er musterte sie noch einmal kritisch und schüttelte ungläubig den Kopf. Dort, wo bei ihm die getrunkene Flüssigkeit durch eine Art Rohr wieder austrat hatte sie – nichts. Bei genauerem Hinsehen allerdings bemerkte er unten eine Vertiefung. Vielleicht war das eine Art Ablaufrinne. Eins war klar, ihr Entwickler musste einen rabenschwarzen Tag gehabt haben.

Sie hatte aufgehört zu schreien und fixierte ihn interessiert. „Du bist ziemlich hässlich", stellte sie fest. „Egal, du bist der einzige Zweibeiner hier, glaube ich. Du kannst mich Eva nennen."

Ein paar Tage waren vergangen.

Er hatte sich damit abgefunden, dass diese andersartige Eva ihm nun ständig Gesellschaft leistete. Doch noch immer konnte er sich mit ihrem seltsamen Gehabe nicht abfinden. Stundenlang saß sie am Teich, der sich in der Nähe der Behausung befand, starre auf die ruhige Wasserfläche und ordnete ihr Haar. Dabei schnitt sie Grimassen, war aber wenigstens ruhig. Manchmal steckte sie sich Blüten ins Haar, spitzte den Mund und schien sich sehr schön zu finden. Dann färbte sie sich die Lippen mithilfe einer Pflanze rot. Besonders störte ihn, dass Eva ständig redete und ihm immerzu erklärte, was er zu tun und zu lassen hatte. Regierte er nicht, so erhob sie die Stimme und die Lautstärke ihres Geschreis wurde unerträglich. Ließ er dies über sich ergehen, ohne sich um ihre Reglementierungen zu kümmern, lief ihr eine Flüssigkeit aus den Augen und aus ihrem Mund kam ein Nerv tötendes Gejammer.

Heute versuchte sie ihm einzureden, dass er sich gefälligst zum Wasserlassen hinsetzen solle, was er kategorisch ablehnte. Wieder schrie sie los und wurde immer lauter.

„Verflixt noch mal, jetzt ist aber Ruhe hier", ertönte plötzlich eine ebenso laute Stimme. Eva schwieg verdutzt, angenehme Stille breitete sich aus. Der unsichtbare Sprecher fuhr deutlich leiser fort. „Jetzt seid ihr zu zweit, das ist gut. Hört zu: Erstens dürft ihr nicht vom Baum der Erkenntnis essen, das ist verboten, und zweitens seid fruchtbar und mehret euch." Anschließend war Stille. Die Angesprochenen schauten sich ratlos um, doch es war weiterhin niemand zu sehen.

„Was soll das jetzt? Wie geht das: Mehren? ", fragte Eva. Er zuckte hilflos mit den Schultern.

„Das sind ja Informationen. Wer soll damit etwas anfangen?" Die Schlange lag auf einem Ast und schaute die beiden aus großen, glänzenden Augen an. „Ich gebe euch einen Tipp: Es ist ganz einfach. Das Runde muss ins Eckige – Stopp, das ist eine andere Geschichte und kommt erst viel später. Also, Freunde, das Längliche unten muss ins Schmale, auch unten rum."

Er schaute an sich herunter. Das Längliche, das Schmale, unten? Ob sein kleines Rohr in ihre Ablaufrinne sollte? Diese Variante erschien ihm nicht machbar, denn ihre Rinne war ziemlich klein, fast unsichtbar und sein Rohr extrem biegsam.

„Sollen wir das ausprobieren?", fragte er trotzdem vorsichtig."

„Hier wird gar nichts ausprobiert. Wage es und du wirst es dein Leben lang bereuen!", schrie Eva mit voller Lautstärke und schaute ihn alarmiert an.

Die Schlange, die vor Schreck vom Baum gefallen war, versuchte sich in praktischer Aufklärung: „ Also, Kinder, schaut doch mal auf eure körperlichen Unterschiede. Ihr müsst euch eurer Körperlichkeit bewusst werden und dann Gefühle für einander entwickeln. Dann kriegt dein Rohr eine gewisse Festigkeit", sie nickte ihm zu und fuhr in Richtung Eva fort: „Und deine Rinne erweitert sich. Das geht quasi alles von allein."

In der Folgezeit mühten sich Eva und ihr Begleiter redlich ab, doch es gelang einfach nicht fruchtbar zu sein und sich zu vermehren. Beide fürchteten, dass der Unsichtbare sie kurz über lang wegen Befehlsverweigerung schwer bestrafen würde. In ihrer Not wandten sie sich an die verständnisvolle Schlange, die sie nach einigem Überlegen zum verbotenen Baum brachte. „Seht ihr die leckeren Äpfel? Ihr müsst einfach einen pflücken und kräftig reinbeißen."

Er trat einen Schritt zurück: „Das hat der Unsichtbare uns explizit verboten!"

„Blödsinn, der hat so viel zu tun, der merkt das gar nicht. Glaubt mir, ihr werdet euch hinterher herrlich erotisch fühlen."

„Und wenn er doch was merkt?", mischte Eva sich ein.

„Seid doch nicht dumm. Wie sollt ihr euch mehren, wenn das Längliche nicht ..."

Dieses Argument leuchtete den beiden ein, sie griffen gleichzeitig nach einem Apfel, wobei Eva einen Touch schneller war. Lächelnd biss sie ein Stück ab und reichte ihm den Apfel. Anschließend setzten sich beide unter den Baum und warteten auf die Erkenntnis. Plötzlich sprang Eva auf. „Wir haben ja nichts an!", schrie sie in altbekannter Manier, riss einen dicht belaubten Zweig ab und versuchte sich damit zu bedecken, was nur unzulänglich gelang.

„Stimmt", stellte er fest und schaute Eva mit großen Augen an. Diese wunderbaren kugeligen Dinger, die ihren Brustkorb zierten gefielen ihm plötzlich sehr. Auch der Hüftschwung und das runde Hinterteil fand er anziehend. Selbst ihre Stimme empfand er als einfach prächtig. Er begann zu schwitzen und schielte an sich herab, wo sich einiges tat. Auch Eva schaute ihn wohlwollend an. Er gefiel ihr. Komisch, dass ihr nicht schon vorher aufgefallen war, wie toll er aussah. Auch sie begann zu transpirieren und schielte ihrerseits an sich herab, konnte aber nicht genau sehen woher das wohlige Gefühl zwischen ihren Schenkeln kam. Aber das kümmerte sie nicht. Sie warf den schützenden Zweig ins Unterholz. „Ich glaube wir sollten jetzt probieren, ob das Längliche ...", murmelte er, bevor Eva ihn ins Gras warf und sich auf ihn setzte. Das Letzte was er hörte, bevor er alles um sich herum vergaß war ein leises Lachen. „Geht doch", murmelte die Schlange gut gelaunt.

Angie Pfeiffer
Ab durch die Hecke

Eva lebte in einem wunderbaren Garten, hatte alles was sie brauchte. Ab und zu kam die Schlange vorbei, erzählte den neuesten Klatsch, beriet Eva in allen Lebenslagen. Trotzdem langweilte sie sich fürchterlich. Alles war so unaufgeregt, so paradiesisch, es gab niemanden über den sie sich ärgern konnte. Niemanden, der sie nach einem ordentlich Streit in die Arme nahm, mit dem sie fabelhaften Versöhnungssex haben konnte. Kurz, sie wollte einen Mann. Also wandte sie sich an den Boss und ging ihm so lange auf die Nerven, bis er zusagte ihr ein männliches Wesen zu erschaffen.

Adam gelang über die Maßen gut, war so, wie sie ihn sich vorgestellt hatte. Mit ihm zusammen konnte sie das Leben in Eden erst wirklich genießen, alles schien perfekt zu sein.

Leider veränderte er sich im Laufe der Zeit. Er starrte immer öfter ins Feuer, sprach kein Wort, hörte ihr nicht mehr richtig zu, sondern murmelte immer nur ‚Ja, Schatz', wenn sie ihm etwas erzählte. Noch schlimmer war, dass er überhaupt nicht mehr mit ihr kuscheln wollte, vom Sex mal ganz abgesehen.

In ihrer Not vertraute Eva sich ihrer besten Freundin, der Schlange an. „Ich glaube er braucht Abwechslung", stellte die fest. „Immer nur Paradies und Friede, Freude, Eierkuchen bekommt ihm nicht."

„Was soll ich machen? Es gibt hier nur uns beide, da ist nichts mit Abwechslung. Übrigens widerspricht er mir nicht mal mehr ansatzweise. Soll ich mich mit ihm streiten, obwohl er meiner Meinung ist?", fragte Eva traurig. Die Schlange kringelte sich tröstend um Evas Schultern. „Bloß nicht, Liebes. Du solltest keine schlafenden Hunde wecken."

Eva schüttelte niedergeschlagen den Kopf. „Welche Abwechslung könnte ich ihm sonst bieten?"

„Ich habe da eine Idee. Wenn er auf den Baum der Erkenntnis klettert, dann hat er eine tolle, ganz ungewöhnliche Aussicht. Das ist ein garantiert harmloses Vergnügen, aber vielleicht hilft euch das weiter."

„Der Boss hat uns verboten dem Baum zu nahe zu kommen", sagte Eva zögernd. „Was, wenn er sauer wird?"

„Der Boss hat euch nur verboten, von den Früchten zu essen. Vom Klettern hat er nichts gesagt, wenn ich mich recht erinnere. Übrigens habe ich von den Früchten probiert. Mir war das ja nicht verboten. Ich kann dir sagen, das geht ab!"

Eva hob warnend die Hand. „Das will ich gar nicht wissen. Vielleicht hast du ja Recht und Adem braucht nur mal ein wenig Abwechslung." Die Schlange zischte zustimmend. „Ich kümmere mich um ihn. Du wirst sehen, dass er bald wieder normal ist."

Also überzeugte die Schlange Adam davon, auf den Baum der Erkenntnis zu klettern. Einer der Äste war über die Hecke gewachsen, die das Paradies von der Außenwelt abschirmte. Auf diesen Ast setzte er sich.

Nachdem Adam erst einmal einen vorsichtigen Blick auf die andere Seite gewagt hatte, wurde er hellwach, denn es gab einiges zu sehen. Dass es noch andere weibliche Wesen außer Eva gab, hatte er nicht zu träumen gewagt, doch hier gingen Frauen jeder Couleur unter seinem Aussichtspunkt her. Hinzu kam, dass diese Wesen sich verhüllten, ganz im Gegensatz zu seiner Gefährtin. Seine Fantasie malte sich lustvoll aus, wie sie wohl ohne die Gewänder aussehen würden, wie es wäre, ihnen diese abzustreifen. Bei diesen Gedanken wurde ihm heiß, seine schweißnassen Hände glitten von dem Ast ab, auf dem er saß. Mit einem gewaltigen Plumps landete er genau vor einem solch verführerischen Wesen. Es musterte ihn interessiert. „Ups, wen haben wir denn hier?", zwitscherte es mit glockenheller Stimme. „Wo kommst du denn her. Jedenfalls hast du einen gewaltigen Seitensprung gemacht", stellte es fest und schielte nach oben in Richtung Ast der Erkenntnis.

„Ich bin Adam und komme von drüben." Adam wies über die Schulter in Richtung Garten Eden.

„Ach, tatsächlich? Und ich dachte immer, dass hinter der Hecke ein gefährlicher Dschungel ist. Willst du nicht mit zu mir nach Hause kommen? Es ist nicht weit. Ich habe noch Klamotten von meinem letzten Lover im Kleiderschrank, die kannst du haben. So nackt kannst du auf keinen Fall hier rumlaufen, obwohl mich das wirklich nicht stört." Die Frau musterte Adam anerkennend, streckte ihm ihre zierliche Hand entgegen und lächelte verführerisch. Vorsichtig nahm er ihre Finger zwischen die seinen und folgte ihr wie in Trance.

Eva machte sich Sorgen. Nachdem Adam auf Anraten der Schlange den Baum der Erkenntnis bestiegen hatte, war er für einige Tage verschwunden geblieben. Als er wieder auftauchte, war er schlapp, furchtbar müde und noch weniger ansprechbar als zuvor. Außerdem trug er neuerdings einen schmalen Gürtel um die Taille, an dem er große Feigenblätter befestigt hatte. Das wäre jetzt der neueste Trend, teilte er ihr mit, wollte aber weiter nichts erklären. Kein Wunder also, dass Eva zutiefst verunsichert war. Wieder einmal suchte sie bei ihrer Freundin Rat. „Du hast gesagt, dass es uns weiterhilft, wenn er auf den Baum der Erkenntnis klettert, aber seit er das getan hat, ist er noch komischer als vorher. Wenn er nicht schnell wieder normal wird, so werde ich den Boss kontaktieren und Adam reklamieren müssen. Vielleicht ist er einfach ein Mangelexemplar." „Aber Liebes, wer wird denn so schnell aufgeben. Überhaupt: selbst wenn der Boss

Adam überarbeitet wird er sich nicht grundlegend ändern. Er ist eben ein Mann und anders geartet als du. Ich glaube ich weiß, wo es zwischen euch im Argen liegt." Die Schlange ringelte sich eine Weile hin und her, dann führte sie auch Eva zum Baum der Erkenntnis.

„Du musst hochklettern", erklärte sie. „Dann kannst du über den Heckenrand gucken. Und wenn du klug bist, nascht du bei der Gelegenheit gleich mal von den Früchten. Keine Sorge, der Boss hat die Äpfel nicht gezählt, er merkt nichts."

Eva folgte den Rat ihrer Freundin, erklomm den Baum, machte es sich auf einem Ast gemütlich, aß einen Apfel, sah sich die Frauen an. Schließlich kletterte sie wieder hinunter und wandte sie sich der Schlange zu. „Sag mal, ich sehe nur Frauen da draußen. Gibt es eigentlich auch Männer? Und hüllen sie sich auch in diese hübschen Dinger?"

„Na ja, die Männer sind tagsüber auf der Jagd. Sie kommen erst am Abend wieder. Es sind meistens große, starke, muskulöse Kerle. Sie tragen bloß einen kleinen Lendenschurz", zischte die Schlange.

Eva wandte sich nachdenklich von der Hecke ab. „Hm, starke, muskulöse Kerle, echt? Und sie tragen bloß einen Lendenschurz? Wie interessant! Und wenn ich heute Abend mal über die Hecke ...“

Ein paar Tage später staunte Adam nicht schlecht. Eva stolzierte an ihm vorbei, doch er erkannte sie kaum wieder. Sie hatte sich aus grünen Feigenblättern ein kurzes, wippendes Röckchen gebastelt. Oben herum trug sie ein kunstvoll geknüpftes Netz aus Gräsern, das ihre fraulichen Formen reizvoll betonte. Die Haare hatte sie sich hochgesteckt und keck eine Jasminblüte hinter dem Ohr drapiert. Sie lächelte Adam verführerisch zu. „Was meinst du, mein Lieber. Sollen wir einen kleinen Ausflug machen? Ich würde meinen neuen Look gerne auf der anderen Seite präsentieren. Übrigens: wenn wir sowieso drüben sind, dann können wir uns gleich mal nach einem Hotelzimmer umschauen. Bezahlen werden wir mit Früchten. Weißt du, am Baum der Erkenntnis hängen so viele Äpfel, das merkt der Boss eh nicht.“

Die Literaturtheke

(http://www.literaturtheke.de)

ist ein kleines aber feines Literaturforum.
Hier kann man
schreiben und lesen,
blättern und stöbern,
dichten und reimen,
träumen, miterleben und lachen.

Literaten, Geschichtenschreiber, Fabulierer,
Poeten, Literaturbesessene, Leute, die gern
Lyrik und/oder Prosa schreiben oder lesen
sind sehr willkommen!

Angie Pfeiffer, Dilettant und Robin Royhs
gehören zu den Gründungsmitgliedern. Sie
veröffentlichen in diesem Buch eine kleine
Auswahl ihrer Kurzgeschichten.

Die Autoren:

Dilettant

Der passionierte Auto - und Motorradfreak
ist im wirklichen Leben ein Schreibtischtäter,
der aber gern das echte Leben auskostet und
mit einem Augenzwinkern darüber schreibt.

Angie Pfeiffer

Bisher veröffentlichte Romane:
Die Ruhrpottsaga: Ruhrpottklüngel, Ruhrpott
Pärchen, Ruhrpottherzen, Ruhrpottabschied,
Leben lernen. 13 weitere Bücher (darunter Rei-
seberichte, Tiergeschichten, Liebesgeschichten
und -romane), Kinderbücher, zahlreiche Kurzgeschichten in Anthologien und Literaturzeitschrif-
ten, sowie der Tagespresse.

Home: www.angie-pfeiffer.com

Robin Royhs

*1974 im Neubeckum.
Der freischaffende Autor und Weltenbumm-
ler schreibt für verschiedene Printmedien.

Ein Roman ist in Arbeit.